歪笑小说

〔日〕东野圭吾 著

王丽丽 译

南海出版公司

新经典文化股份有限公司
www.readinglife.com
出　品

目 录

传说中的男人

1

被定下分配到书籍出版部的时候，青山打心底里感到高兴。因为做自己热爱的推理小说，是他从孩提时代就有的梦想。青山从没想过做小说家，他喜欢发掘有趣的推理小说，然后将它们推荐给他人，并与之交流读后感，这能让他感受到至高无上的快乐。

第一天踏入憧憬已久的公司，青山正兀自东张西望时，一名瘦削的男子走了过来。“有什么事吗？”

青山作了自我介绍，道出原委。男子一脸心领神会，点点头。

“你就是青山啊？我听说啦。上面安排你跟我。多关照。”

男子姓小堺。看上去是个爽快人，青山松了口气。“请您多多关照。”他深深地鞠了一躬。

“那我们一起到总编那儿去一趟吧。”

“啊，好的。”青山有点紧张起来，“总编，指的是那位鼎鼎有名的狮子取先生吧？”

小堺停步，回过头来，目光似乎锐利地一闪。

“不错。正是那位传说中的编辑。”

“有传言说他做了好几本超级畅销书。”

小堺摇摇头。“不是几本，而是几百本！”

青山一时无言以对。到底是何方神圣呢？想着马上要见面，他不禁心生畏惧。

“没关系的。在不是作家的人面前，他就是个普通人。”小堺莞尔一笑。

青山被带到吸烟室，一名短发眼镜男正在那儿独自吸烟。此人身材魁梧，身上的西装略显紧窄。

“狮子取先生，这是被分配到咱们这儿来的青山。”

经小堺介绍后，青山致意：“请您多多关照。”

狮子取胖乎乎的手指依然夹着香烟，他把青山从头到脚都打量了一番。“你学生时代有没有参加过什么运动？”

“运动吗？初中的时候打过几天排球……不过没几天就放弃了。”

“排球啊。”狮子取面露遗憾的表情，“你球技好吗？那个，高尔夫打得怎么样？”

“咦，高尔夫？”

“对，这个。”狮子取叼着烟，做了个挥动球杆的动作。

“哎呀……”青山挠挠头，“这个没打过。”

“是吗？那从今天开始得进行特训了。”

“哎？”

“我知道便宜的练习场地。小堺，你带他去。以前那个负责技术指导的职业高尔夫球员，我会联系好的。啊，还有，青山，你要尽快买好高尔夫球服和球鞋。球杆的话，我的就送给你吧，只是用得有点旧了。”

“啊，那个，请稍等一下。为什么我要打高尔夫？”

狮子取好像没明白青山的问题是什么意思，忽闪忽闪地眨了眨眼睛。

“为什么？从今天起，你就是我们部门的成员了，对吧？”

“是的，我被分到了书籍出版部。”

“那么，”狮子取说，“你就必须会打高尔夫。”

“啊？”

“小堺，你把平泉老师的事跟青山讲一下。”说着狮子取掏出了手机，似乎有电话来了。“是的，我是狮子取。平日多承蒙您关照。我正想听听老师您的高见呢……没骗您，句句属实。老师这次的大作，我拜读过了。实在是感动至极，读罢许久我都茫然若失……您说什么？我可不是那种会拍马屁的人，我确实是心潮澎湃震撼不已……什么？去银座喝一杯？好哇，随时乐意奉陪。”狮子取大声说着走开了。

青山正丈二和尚摸不着头脑，小堺从怀里掏出一张纸来。“这个，给你。”

“这是什么？”

“看看不就知道啦。”

青山接过纸展开，随即吓了一大跳。上面是这么写的：

“第二十一回 与平泉宗之助老师开展高尔夫同乐会的通知……”

看到“平泉宗之助”这几个字，青山不禁吓了一跳，这可是大众文学的泰斗啊。

“参加者那儿有狮子取先生和我的名字对吧？”

“啊，没错。小堺先生也参加呀，请加油。”

闻言，小堺的脸皱作一团。“跟你说啊，我伤到腰了，所以麻烦你替我去吧。”

“啊，我去吗？”

“这周五，拜托了。”

“啊——”

2

星期五的晚上，青山一副一戳就散架的样子，总算回到了公司。当他抱着沉重的球杆袋到达编辑部时，小堺正在电脑前摆弄手机。

“啊，辛苦了辛苦了。今天怎么样？”

青山一屁股瘫坐到椅子上。“不怎么样。我这辈子还是头一回累成这样呢！要么根本碰不到球，要么打中了球也不往前飞，丢人现眼到家啦。真是受不了了！”

“你这说的什么话！打高尔夫也是编辑的工作。不，从某种意义上来说，算得上是最重要的工作。对了，总编呢？”

“狮子取先生啊，他和平泉老师他们一起去银座了。”

“这样啊。你和总编是跟平泉老师一组的吧？老师兴致怎么样？”

“老师非常高兴。早上那会儿不太好，回来的时候情绪反倒高涨起来了，尽管成绩不怎么样。”

“老师成绩多少？”

“嗯……好像是一百零一杆。”

“总编呢？”

“我记得应该是一百零二杆。因为他大声嚷嚷着不服气输给老师一杆来着。”

小塄啪的一声打了个响指，指着青山说：“这就对了！”

“什么意思？”

“听好了，其实狮子取先生的球技是专业级水平，即便再怎么不在状态，也不可能超出一百杆。”

“啊？这么说来他今天是故意落后一步了？”

小塄重重地点了点头。“那还用说！单单擅长打高尔夫，并不能赢得作家的欢心。甚至可以说，如果打出的成绩太好，反倒可能招致对方的反感。反过来，要是有所顾忌而打出太差的成绩，又令人兴味索然。既要让作家心情愉悦，又要让他抱有适度的抗衡心态——需要的是这种玩法。当然，不同的作家水平高低不一，这就有必要相应地调整自己的成绩。这方面分寸的拿捏非常之难，而总编恰恰能处理得让人拍案叫绝。你今天大概太紧张自己的表现而没有注意到，作家若是来一杆好球，总编就会来一杆略逊一筹的球；作家若是犯一次失误，总编就会犯一次更失水准的失误。这可谓狮子取先生的‘高尔夫应酬’。”

听小塄这么一说，青山回想起平泉将球接连打出界外后，狮子取也如出一辙地将球打出了界外。

“这种雕虫小技，对狮子取先生来说那还不是信手拈来。”听罢青山的话，小塄双臂环抱着说道，“那是什么时候的事来着？当时那位作家将球打进了沙坑，懊恼不已。看到那一幕，你猜狮子取先生怎么做的？他二话不说来了个轻打失误，愣是把已经上了果岭的自家球弄进了沙坑。”

“呃……”青山摇了摇头，唯有佩服得五体投地的份儿。

“用狮子取先生的话来说，当编辑的需要三神器。”

“哪三神器？”

“高尔夫、银座、拍马屁。”小堺屈指数道，“只要具备了这三样，其余一概不在话下。”

“啊？可是，难道不需要审读小说的能力？要是没有了这项，怎么能发掘优秀作品？”

小堺一脸“真是榆木疙瘩不开窍”的表情，苦笑道：“你认为什么样的作品算优秀作品？”

“这个嘛，我认为是读后能让人感动的作品。”

“原来如此。那你的意思是，只要是读后能让人深受感动，卖不出去也无所谓喽？”

“这个……”

“读后能让人深受感动但卖不出去的书，和内容空空如也却能大卖特卖的书，哪种对于我们出版社而言更难得，不用我说了吧。我们必须做畅销书。说到这里，什么样的书能畅销呢？确实存在某本书由于内容精彩而畅销的情况，但是这无法预测。我们有把握的，是那些畅销作家的书。出他们的书，基本上估计的数字十拿九稳。”

“这不是明摆着的嘛。”

“对啊。所以大家一窝蜂地去抢畅销作家的原稿。可毕竟作家的能力有限，一个不落地满足所有出版社是不可能的，不管怎样，自然是优待他看中的编辑。这也是人之常情。你明白了吧？”

“差不多……明白了。”

“简言之，”小堺竖起食指，“可以这么说，得到畅销作家青睐的编辑，对出版社而言才是有用的编辑。”

“这……”略作思考后青山歪了歪头，“或许吧。”

“不是‘或许’，就是这么回事。狮子取先生正是因为能从公认的棘手作家那里拿到原稿，才确立了如今的地位，直至被称为‘传说中的编辑’。”

“那我这个周末不看原稿，练练高尔夫好了。”

青山本打算当个玩笑说说，没想到小堺一本正经地点了点头。

“好啊。扎扎实实地练习，为下次的高尔夫应酬作好准备。下周三是和夏井老师，周五是玉泽老师……”

“啊……全打高尔夫……”

“不，不只是这个。”小堺从书桌抽屉里拿出一张A4纸，“轻田老师那边也发来了邀请。参加者一栏写了你的名字，是下下周的周六。只有半程，估计不会太辛苦。”

“半程？是只打九个洞吗？挺少见的哪。”

小堺一脸茫然。“你在说什么？”

“不是在说高尔夫应酬吗？”

小堺摇头否认。“轻田老师是不打高尔夫的。我说的是马拉松，半程马拉松。”

“啊?！”青山惊得往后一仰，“要是参加那个的话，我不会还得跑步吧？”

“那是当然。不同的作家爱好不同，有的不喜欢高尔夫，而喜欢马拉松或者网球之类。哦，对了，推理作家西口老师的爱好是玩滑板，你要提前勤加练习呀。”

“滑、滑、滑板？”

“听说还不是那种慢吞吞滑着玩的，而是非得在U形池上空翻转个一两圈才肯罢休，你最好有心理准备，恐怕提前买份保险什么的比较靠谱。有次狮子取先生一个倒栽葱跌了下来，缝了五针。不过因祸得福，他拿到了老师新写的原稿。”

青山早已一句话也说不出来。为什么非要把自己逼到那种地步不可？仿佛看透了他的心思，小堺脸上浮现出意味深长的笑容。

“别摆出一副惨兮兮的样子。迎合作家的爱好，你这才是刚刚起步阶段呢。瞧瞧狮子取先生，过不了多久你就懂了。”

3

看了看表，青山心想差不多了。等待的那趟列车马上就要进站。

青山他们眼下正在东京站新干线即将停靠的站台上。一位作家要乘坐东北新干线来东京，因此他们到此来迎接。

这位作家名叫花房百合惠，是日本具有代表性的女推理作家，曾经有数部作品大卖，如今依然保持着坚不可摧的人气。在文艺书卖不出去的今天，她对于出版社而言是一位举足轻重的作家。

花房百合惠住在仙台，很少来东京，不过今晚要出席在东京都内举办的某文学奖晚宴，这才特意前来。

站在站台上翘首等待的，是各出版社负责花房百合惠作品的编辑和他们的上司，灸英社来的是青山、小堺和狮子取。各社加在一起总共二十人左右，所有人都清一色穿着黑黢黢的西装，但明显有着与一般公司职员二致的气场，以致其他乘客不敢近前。

“来啦！”不知是谁说了句。新干线特征明显的列车驶进眼帘。

大家都知道是花房百合惠乘坐的列车，编辑们涌向车门附近。

“喂！发什么呆哪！再往前去点！”小堺在后面呵斥青山。

“咦？这是什么情况？”

“要是待在后面，老师怎么会记住你来接站这码事？当务之急是无论如何也得在她面前露个脸。”

“哦，原来是这样。”青山朝前方看去，“怪不得狮子取先生占领了最前列的位置。”

“总编待在那个地方，可不仅仅是为了露个脸而已。那是为赢得皮包争夺战作准备。”

“皮包争夺战？”

“车门打开的瞬间，所有人都会涌进车厢，冲到花房老师的座位，争抢老师的行李。在这场争夺战中胜出的出版社，拿到下次的连载差不多就是板上钉钉的事。”

“啊——但那么做，不就给其他想要下车的乘客添麻烦了？”

“那又算得了什么！其他乘客又不是畅销作家。”小塄冷冰冰地断言。

列车驶进了站台。缓缓停靠后，车厢门开了。

只见几个编辑争先恐后地涌了进去。一位正要下车的老奶奶被撞到一旁，几乎跌倒，但谁也没有出手相救的意思。

没冲进车厢的编辑们呈扇形散开，静候花房百合惠。先下车的乘客看到青山他们，无不大吃一惊。

没多久，头戴粉色帽子、面遮浅色太阳镜、身穿粉色套装的花房百合惠现身了。

“老师，辛苦了！”不知是谁打了声招呼。众人得到信号，异口同声地说：“您辛苦了！”

然而花房百合惠脸上没有露出一丝笑容。非但如此，她扫视一眼编辑们，厉声喝道：“你们这是干什么？”

众人一时搞不清状况，谁也不敢作声。说时迟那时快，一个黑影突然闪进青山他们和花房百合惠中间。

“万分抱歉！”说着扑通一声跪倒在女作家面前的，不是别人，正是狮子取。他腋下夹着粉色皮包，看来在皮包争夺战中胜出了。“真是万分抱歉！”狮子取重复道，“尽管不知道出了什么事，但一切都是我狮子取的责任。”

“又来了。”小堺在青山耳边嘀咕，“这可是狮子取先生的绝技——滑垒式下跪。”

“滑……垒式？”

“就是在作家气急败坏之际，一马当先抢先下跪的本事。因为什么缘故发怒先不管，总之先道歉，一个劲儿地拼命道歉。狮子取先生认为这么做前途才有望。”

“呃……”

狮子取的额头几近碰到地面，仍在道歉。见此情景，花房百合惠面露难色。

“别这样，狮子取先生。又不是你的错。我气的呀，是日本铁路公司。”

“日本铁路公司？日本铁路公司对您做什么了吗？”

“谁说不是呢，我可是被害惨了。其实——”

“这绝对不行！”狮子取腾地站起身来，“咱们马上去抗议！喂，大家都到站长室去吧！”话音未落，他已夹着花房百合惠的皮包迈开了步子。

青山他们别无选择，只得跟了过去，完全搞不懂怎么发展成了这个局面。

“这也是狮子取先生的拿手好戏。”小堺在旁边说，“弄清作家发怒的矛头不是对准自己之后，首先要与作家同仇敌忾，要比作家还愤慨地抗议。丝毫不清楚个中缘由，却能动真格地义愤填膺，从某种意义上来说这真是了不起的才能啊。”

青山从后面望着狮子取。那圆溜溜的脑袋散发着火冒三丈的气息，着实看不出是在演戏。

狮子取冲进站长室，从“你们到底把乘客当成什么了？”到“怎么教育员工的？”，劈头盖脸大声训斥。一通咆哮后换上了花房百合惠，原来她发怒是因为不知哪位乘客将啤酒洒了，流到了她的脚旁，惹得她不快。为这点事就遭责备，日本铁路公司也太可怜了。然而站长估计早被狮子取最初的架势镇住了，一味低头致歉。

“狮子取先生的火气未免太大了，站长好像也怪可怜的。”走出站长室，花房百合惠说，“其实不用那样大动肝火的。”

“是吗？哎呀，还是老师宽宏大量啊。受教了。对了老师，您这边请，我们已经为您备好车了。来来来。”狮子取为她带路，手中死命地抱着花房百合惠的皮包，一副绝不允许他人抢夺的架势。望着他的身影，青山感慨万千，心中除了佩服，再无其他。

4

青山被分配到书籍出版部差不多一个月了，狮子取为何被称为“传说中的编辑”，已经再明白不过。那样千方百计地讨好，估计作家喜欢还来不及，不可能讨厌吧。有那么一个人为自己赴汤蹈火在所不惜，处处将自己放在第一位，谁不乐意？

而且，狮子取无论做什么事从不走寻常路，他的演出总是会给对方留下刻骨铭心的印象。

就在前几天，还发生了这样一件事。那是为已故时代小说泰斗举办法事的日子，那位作家的作品也在炙英社出版过，到现在依然稳稳再版，因此这对炙英社而言同样是一次重要活动。社长和董事们都出席了，而青山和小堺这种小角色，则被赶过来充当引导员。

和尚诵经完毕,众人在作家遗孀的带领下前往墓地。到达那里时，大家一眼就看到狮子取正在大汗淋漓地擦拭墓碑。

“你在干什么？”炙英社的社长问道。

狮子取闻言手忙脚乱地离开墓碑。“万分抱歉！”他毅然决然地在作家遗孀面前来套老规矩——滑垒式下跪。

“我本打算在诸位到达之前清扫完回去，谁料想花了这么久的时间。我这就退下，还望多多包涵。”

“呀，原来是这么回事，辛苦你了。不用道歉，快请抬起头来。敢问你是哪一位？”作家遗孀问。

“我是炙英社书籍出版部的狮子取。”

“是狮子取先生啊，我记得你。”

“承蒙抬爱——”狮子取将头埋得更低了。

所有人都目瞪口呆。本打算在大家到来之前回去？这毫无疑问是鬼话。

青山想，狮子取的过人之处就在于，什么事他都能脸不红心不跳地做出来。有些事要放在普通人身上，早就因为良知或羞耻之心而产生动摇，狮子取却能毫不犹豫地付诸行动。即便让其他人大跌眼镜，那有什么关系。他坚信，只要赢得作家的好感，就是胜利！而且，恐怕这样的信念没错。

“有没有让狮子取先生弄不到原稿的作家？”

听到青山的疑问，小堺陷入沉思。

“这个嘛，谁知道呢，应该没有吧。他拥有独特的嗅觉，和作家见个面聊上几句，似乎就能清楚怎么做会赢得对方的好感。这样的本事真是让人羡慕。”

“是啊。”

青山两人正闲聊间，突然听到狮子取的呼唤。“哎，你们俩，过来一下。”

青山和小堺并排站到总编座位前，狮子取开口道：“赤村老师的事进展得怎么样了？我说的是赤村美智琉老师。她有没有接受我们的连载请求？”

“这个，还没有……”小堺伸手按着脑袋，“恐怕不可能。”

“不可能？为什么？”

“说实话，前任总编惹恼过赤村老师。从那以后，她就再也不给我们写东西了。”

“我当是什么呢，哪能为这点小事就放弃！跟她说换了总编不就得了。”

“我是那么说的，可总感觉她依然冷若冰霜……”

狮子取皱起眉头。“赤村老师如今可是排名前五的畅销作家呀，甚至有传言说下届的直本奖非她莫属。这种人的原稿还不弄到手算什么事！”

“对不起。”小堺垂下头，青山在旁边也依样照做。

“真拿你们没辙。好吧，我亲自出马会会她。给我安排一下。”

“呃，我想这个也很难。她曾说过，‘恕不接见工作伙伴以外的其他公司的人’。”

“什么呀这是，她到底有多讨厌我们！”

“总而言之现在是无计可施。”

“嗯……”狮子取呻吟道，“见不着面一切都白搭。有没有什么办法？”

“光是见面的话，倒是去晚宴会场就行。这周四举办新日本推理大奖的颁奖晚宴，赤村老师是评委，按说应该会出席。”

“就是它了。我到时候使出浑身解数也要跟她搭上话。”狮子取一副志在必得的口吻。

5

周四下午六点半，在东京都内某酒店的宴会厅出现了青山等人的身影。颁奖仪式结束，终于到了畅谈的时间。

“总编，发现目标了。赤村老师在那边。”小堺快步走过来向狮子取报告。

“好，我这就行动！”狮子取将手中的啤酒一饮而尽，迈开步子走了过去。

赤村美智琉早已被围了个水泄不通。真不愧是畅销作家，形形色色的编辑为了跟她说上两句都排起了队。狮子取对这支队列视而不见，拨开人群径直奔赤村美智琉而去。

青山旁边传来响亮的咂舌声。

“干什么呀！大家都在排队呢，别乱插队！”

“没办法，是灸英社的狮子取吧，这还不是常有的事嘛。”

狮子取显然不可能听不到别人在背后议论，但他毫不理会，只管一往直前。费尽九牛二虎之力，他终于走到了赤村美智琉的身旁。

“哎，不好意思，可以稍微打扰一下吗？赤村老师，我还是初次见您，这是我的名片。哎呀，我拜读过老师的新作了，依然精彩如故啊，令我感动至极。而且结尾的惊天大逆转真是让我大吃一惊，实在完美！”狮子取一边递名片一边滔滔不绝。

赤村美智琉留着短发，肤色偏黑，那张脸让人不由自主地联想到蜥蜴。等目光落到名片上，她立即不加掩饰地露出毫无兴趣的表情，用冷冰冰的口吻回了句“是吗？谢谢”，随即将名片胡乱丢进皮包，眼看要和别的编辑开始交谈。

但是狮子取拼上蛮劲，硬是插到了那个编辑和赤村美智琉两人中间。

“老师，听说您很擅长游泳，其实我也一样呢。怎么样，下次找个地方咱们一起游泳吧？去哪儿我都奉陪。或者，干脆我来包个游泳馆吧？”

“行了，我喜欢一个人游泳。请你往那边挪一挪。”

“那、那看戏怎么样？听说老师爱好看戏。您有没有想看的剧目？什么票我都能帮您准备好。”

“你还真是烦人哪。戏我也是喜欢一个人看。总之，请你挪到一边去。”

遭到赤村美智琉的斥责，狮子取终于败下阵来。

“我就说嘛。”小堺说，“让人一点辙没有吧？”

然而，狮子取微微一笑。“不，才不是呢。我看有希望。”

“啊？我倒一点没看出那样的迹象来。”

“所以你们这些家伙不行啊。无论如何，我还需要一次和她谈话的机会。”

“您稍等一下。”说着，小堺迈步走开了。几分钟后他回来时，手中多了一张纸。“好消息！听说获奖者还要续摊，赤村老师好像也出席。”

“是吗？太棒了！我们也要攻进去！”狮子取攥紧了拳头。

大约两个小时以后，青山他们出现在了续摊的酒吧。人太多了，光是找个座位都费劲，青山和小塄拼尽全力才在吧台最边上占据了一席之地。但狮子取不知道使了什么花招，竟然和赤村美智琉同桌而坐。

尽管人声鼎沸，狮子取的声音仍清晰入耳。

“哎呀，赤村老师无论服装还是饰品，果然也都品位非凡啊。怎么会这么合适呢？难道您带了造型师？啊？没带？那就是您自己挑选的喽。真厉害！正是有这样的眼光，才能写出那么精妙的小说来吧。呀，不对，话不能这么说，是老师自己身材出类拔萃，穿什么都合适。对、对，绝对是这样。呀，这样谜团就解开了。没错。”这些普通人会因害臊而说不出的奉承话，从狮子取口中畅通无阻地冒出来。周围的编辑面露苦笑，而他本人似乎丝毫不以为意。

然而即便是这样艰苦卓绝的奋战，也没能取得令人满意的战果。赤村美智琉依旧板着脸，看都不看狮子取一眼。

不久，续摊结束。赤村美智琉看上去也准备打道回府。

“老师，我们再去一家怎么样？听说老师喜欢烧酒，有家店全国各地的烧酒一应俱全，我非常想带您去呢。”狮子取紧咬不放。

“不必了。我说过决不给炙英社写东西吧，你还真是纠缠不休啊。”赤村美智琉吊起眉梢。

“那也没关系，不写就不写。我们就再去一家，好不好？”

“烦死人了！我说不去就不去。”赤村美智琉撂下这句狠话，冲出了酒吧。

“啊，请您稍等一下。”狮子取紧追其后，青山他们也火速跟上。

来到外面，只见狮子取已跪倒在地。

“求求您了，至少让我把您送回家吧。这是我此生唯一的恳求。”

赤村美智琉满脸尴尬地俯视着狮子取。“不要这样好不好？别人都看着呢。”

“那，您是答应了？不然我就一直跪下去。”

赤村美智琉环抱双臂，叹了口气。“真拿你没办法，只限今天这一次哦。不过我是决不会给你们社写东西的。”

“非常感谢。”狮子取立刻腾地站起身来，拦住一辆路过的出租车，而后向青山他们递了个眼色，说：“我去送送老师，你们到老地方等我。”

“好的。”青山他们回答。

所谓老地方，指的是一家编辑们经常凑堆聊天的酒吧。遵照指示，青山和小堺来到这里喝起了啤酒。

“真是出手不凡啊！让人厌恶到那种地步，居然能千方百计地把对方说服。”小堺叹息道。

“狮子取先生能从赤村老师那儿拿到原稿吗？”

“哎呀，这个，我看恐怕不可能。毕竟老师刚才不是斩钉截铁地说不给咱家写东西的嘛。”

“没错。”青山也叹一口气。就算是传说中的编辑，也还是有无能为力的时候啊。

就在这时，门啪的一声开了。狮子取走了进来，到青山他们这桌坐定，点了生啤。

“您辛苦了。怎么样？”小堺迫不及待地问。

“嗯，能做的都做了。应该没问题。”

“咦？”青山吃惊地看着狮子取的脸，再仔细端详后更是倒吸了一口凉气——他脸颊上有红彤彤的手掌印。

“狮子取先生，这、这是怎么回事？”

“哎？啊，留下印了呀。没什么，别往心里去。”

“别往心里去……”

小堺掏出了手机，看来是来了电话。看到来电显示，他不由得瞪大了眼睛。

“是的，我是小堺……啊，刚才承蒙关照……哎？不会吧？啊，不，我知道了。那我跟总编商量一下，定个时间。好的，失礼，再见。”

挂断电话，小堺茫然若失地看向狮子取。“电话是赤村老师打来的。她说虽然不知道能否接受我们的连载请求，但可以先听听我们这边的想法。”

“是吗？太好了。顺利拿下！”狮子取心满意足地喝下啤酒。

“总编，您到底对赤村老师做了什么？”小堺打探道。

“也没做什么惊天动地的大事。我平时不是常说嘛，要赢得作家的好感，关键是洞察那位作家想要什么，现在最想做什么。老夫就是满足了赤村老师的愿望啊。”说完，狮子取露出意味深长的笑容。

6

“真是吓着我了，简直是惊呆啊。你这个人，也太胡来啦。你们，让这种人当上司没问题吗？我都同情你们。要不我跟董事说说，请他们给你们换个总编？”

“好了好了，老师，我求求您饶了我吧。我不是说过那天喝多了嘛。

恳请您务必谅解。”狮子取弓起庞大的身躯。

“就算喝得烂醉，也没有那样做事的呀。哎，小堺、青山，你们也这么认为吧？送我到公寓还好，竟突然向我求婚，说什么‘我对您一见钟情，请嫁给我吧’。你们说，怎么会有这种人？”

“哎呀，这个……”小堺挠了挠头，“过后听说，我们也大吃一惊。”

“是吧。我说‘你别开玩笑’，谁知他说‘我可是真心实意、发自肺腑的’，接着就要靠过来强吻。天啊，简直闻所未闻！于是我狠下心给了他一巴掌。这一来他又哭天抹泪地向我下跪道歉。这么荒唐的人，我可从来没见过呢。”

“呀，实在抱歉。不过老师，希望您清楚，尽管我喝醉了，但一见钟情却是千真万确。求婚也是诚恳的，即便现在我也没有放弃。”狮子取毅然决然地说。

“请放弃吧。我怎么可能和你这种荒唐的人结婚？好了，你该回去了吧？工作上的事，我和这二位来谈。”

“老师，您别那么说啊。我不插嘴，求您就让我待在这儿吧。”

“那麻烦你离得远一点。看到你那张苦瓜脸，连我都不由自主地跟着难受。”

赤村美智琉连珠炮似的把狮子取臭骂了一通，但语气轻快，甚至可以说兴致勃勃。之后的谈话也一帆风顺，灸英社拿到了她的连载。

谈话结束后，兵分两路，狮子取去送赤村美智琉回家，青山他们则打算回社里。进入地铁，青山与小堺不约而同地叹了口气。

“真是厉害啊！”小堺说。

“确实不一般。”青山回应道。

“求婚哪，而且还在那种局面下！普通人怎么能想到？”

“听总编说，他是在和老师交谈的过程中灵光一闪想到的。”

"嗯。赤村老师的确没结婚，而且从来没传过绯闻。假如没被别人求过婚，理所当然也就没甩过男人。"

"被强吻、给对方一个巴掌这种事也……"

"不可能经历过吧。"小堺接话，"狮子取先生说他发现了赤村老师想将这些事体验一次的潜在愿望。可再怎么说也太夸张了，万一搞砸了可不好收场。"

"是啊。"青山的脑海中浮现出狮子取求婚的画面，他到底是以什么样的心情说出求婚台词的呢？

忽然间，青山意识到一个问题。

"哎，如果赤村老师接受了求婚，狮子取先生会怎么做呢？不过，我想这种事是绝对不可能发生的。"

"说不好。"小堺思索片刻，再次看着青山，"要真是那样，就顺其自然吧。你不觉得也没什么不妥吗？"

"啊？您的意思是，和赤村老师结婚也行？"

"狮子取先生离婚了，现在是单身呢。只要能拿到原稿，这种事没准他做得出来。"

"啊，不会吧？"

"谁知道呢。毕竟，他可是传说中的编辑呀。"

"呃……"青山陷入了沉思。狮子取下跪的样子历历在目，他也认为不能轻易排除这种可能。

梦一般的影视化

1

电话响起时，热海圭介正在浏览玩具枪目录。他在考虑正在撰写的小说中的出场人物持什么枪为好。单写个枪名的话不尽如人意，他还想再写些这把枪的相关细节。热海圭介有自己的如意算盘——这样一来，不仅会让那些枪迷读者高兴，也准会让那些不是枪迷的读者认为热海圭介是位取材严谨的作家。

热海将手伸向兼用作传真机的电话。做了专职作家以后，他想着日后会有需要于是买了这部机器，而实际上传真功能几乎从没用过。

“喂，我是热海。”

“啊，好久没问候您了。我是灸英社书籍出版部的小堺。”

“啊，你好。”热海的音调立刻提高了八度。

自从热海获了灸英社举办的新人奖，小堺就一直负责编辑他的作品。当时小堺还在《小说灸英》杂志编辑部工作，现在已经调到了单行本部门。

“可以占用您一点时间吗？”

“没问题，什么事？”热海带着些许期待等着下文。此前他在灸英社出版了收录有自己新人奖获奖作品《击铁之诗》的单行本。难道这本书终于要加印了吗？

“我就开门见山了，是关于《击铁之诗》的。”

“哦。”热海的心扑通扑通直跳。果然要加印？

“有公司来谈影视化的事。”

“哎？”

“您看如何是好呢？我是请对方直接跟您联系，还是……”

“请、请、请稍等一下。”有痰卡在嗓子眼里，干咳了两声，明显感觉到体温在上升，“你刚才说的是什么意思？影视化？是指有人想拍那部《击铁之诗》吗？”

“没错。”

“啊——”热海紧紧地握住听筒，身体往后一仰，不禁喜笑颜开，“是真的吗？对了，是哪家想拍？电影还是电视剧？”

“电视剧。”

“电视剧？是连续剧吗？”

“不，据说是两个小时的单集电视剧。”

“哦，是剧场版啊。”热海联想起电视节目改组期间播放的特别节目。①

①考虑到收视率等因素，日本的电视台、广播电台常在每年 4 月或 10 月就节目编制、出演人员、赞助商等进行变更和人事调动，在此期间多播放异于平时的单集特别节目。

“那么，主演是谁？”

“呃，好像还没有定得那么细。”

“搞什么呀。”热海稍微有点失望。

“那个，热海先生。”小堺的声音十分平静，“提出这个请求的是制片公司的人员。他们目前还只停留在探询是否可以将《击铁之诗》的策划方案向电视台申报这个阶段。”

“哦，原来是这样。”尽管随声附和，热海根本没有明白这番话的意思。

“怎么办？策划书已经送到我这儿来了，暂且还是先把它寄给您吧？”

“嗯，好的。就照你说的办吧。”

“明白了。”说完，小堺挂断电话。

放下电话后，热海有好一会儿待在原地一动不动。他在仔细品味内心的喜悦。

影视化……我的作品、那部处女作《击铁之诗》要被搬上荧屏了！著名演员们会将书中描绘的世界转化为可视的形式，而且会在电视上播放，全国范围内播放！

热海眼前早已浮现出电视画面上呈现剧作名称的情形。背景最好是航拍的大都市夜景，文字显现于这背景前：“剧场版之《击铁之诗》”，再往下便是“原作 热海圭介”。

太了不起啦！热海的心因期待而一通狂跳。小说被影视化后成为畅销书的先例并不在少数，《击铁之诗》仅仅首印了四千册便再无动静，借此机会我岂不是也有望加入畅销作家之列了？

喜悦之情迅速膨胀，热海终究还是坐不住了。他伸手拿过手机。“啊，喂喂，是老妈吗？是我呀，圭介……嗯，我当然很好了。不用担心，蔬菜我也吃。不说这个了，我有个特大好消息要汇报。其实呢，这次我的小说要被拍成电视剧了……对，上电视。那部《击铁之诗》啊，有人说想把它拍成电视剧……说了没骗您嘛，出版社已经联系过我了……是吧？厉害吧？……之前我也一直纳闷为什么还不把它影视化呢……啊，别冷不丁地就换人嘛。老爸吗？……我很好……对，上电视……是啊，看来我也终于受人瞩目啦……呃，演员还没定下来呢。说起来，老爸您根本不认识最近的演员吧？……啊，这个我知道。我是打算认真核对的。一定要他们尊重原作。”

随后，热海又给五个朋友打去电话，向他们告知作品即将被影视化这一消息。

2

啤酒美味爽口。又点了两瓶后，光本长长地呼了口气。

“我说，你也太了不起啦！”他盯着热海的脸，歪着脑袋，“刚刚获了小说新人奖，作为作家出道，这回又要影视化！你到底要牛到什么地步啊？”

“没有没有，哪儿啊。”热海摆摆手，“说了这没什么嘛。不过要能拍成电影的话，倒是另当别论。”

“不不，拍电视剧已经很厉害啦。”说话的男子姓伊势，“小说被拍成电视剧的作家，都是鼎鼎有名的人物呢。成了其中的一员，可不说明真有两下子嘛！”

“嗯，我也觉得很了不起。”在场唯一的女性美代子使劲点点头。

他们是热海以前在公司上班时的朋友，今晚聚到这家那时就经常光顾的小酒吧，把酒言欢。

“话虽是那么说，但我心底还是希望能拍成电影，我觉得那部作品适合改编为电影。”

听到热海的话，三个人不约而同地点了点头。

“你说得对，毕竟《击铁之诗》气势宏大。”光本道，“反过来说，甚至太宏大了。”

“啊，原来如此。”一语惊醒梦中人，热海顿悟，“我也那么认为，的确气势过于宏大。要把这样的作品拍成电影，无论如何都太烧钱了吧。恐怕除了好莱坞，没有扛得住的。”

“怪不得……原来日本的公司扛不住啊。”美代子带着一副恍然大悟的表情往热海的杯子里倒入啤酒。

“这么说来，还是拍电视剧成本低呀。”

“我想大概是吧。所以呀，这次就没办法了。”热海把美代子刚刚斟满的啤酒杯送到嘴边。

“哎，演员阵容定了吗？”

“呃，这个听说好像还没有。估计要过段时间才定。”

“啊，那让那个人上吧！木林拓成。”美代子两眼放光。

“哎，木林呀！”伊势的脸皱作一团，“木林不管演什么角色都是同样的模式，我反对。”

“哎呀，我觉得很好。”

“可是木林只演主角吧？”热海接话道，“他演主角乡岛是不是太年轻了点呢？”

“你说得没错，乡岛这个角色让高井利一这个年纪的来演还差不多。”

听到光本的意见，美代子怒目而视。“开什么玩笑?！绝对不行。

他太土了。”

“是吗？”

“喂喂，女主角谁来演好呢？”伊势说，“有个场景不是乡岛开着直升机把她救出来嘛，这里要是不用具有魔鬼身材的漂亮女演员可不养眼哪！”

“啊……那个场景不错。热海，你可以点名自己希望起用的演员吗？”

“呃，应该可以吧。要是我不点头，他们一切无从谈起。”

“哇哦——”三个人欢呼道。

“那用松崎罗罗子吧！我是她的超级粉丝。”光本合掌恳求。

“啊？好像没什么印象啊。”

“别那么说好不好。是这样的哟。我说，要是能成，把我带到拍摄现场去吧。”

“啊？”美代子张大嘴巴，“对哦对哦，还有这一手呢。哎哎热海，还是用木林吧！这是我这辈子对你唯一的恳求。”

“这算什么呀，只不过自己想见偶像吧。”

“那又怎么样？你会帮我说的吧。朋友当了作家，难道还不能享受点特殊待遇？要是能见上木林，恐怕我会自豪一辈子。”

“那我要见松崎罗罗子。求你了，啊？”光本一副马上要下跪的架势。

“我是谁都无所谓啦，只要能跟女演员合个影就满足了。”伊势也跟风道。

“真是拿你们没办法啊。”热海故意叹了口气，“好吧，那我考虑考虑。”

三人发出比刚才更大的欢呼声。

“哎，热海你不亲自出马吗？”

“啊，我？”

“是啊，这不是常有的事吗，原著作者在剧中客串一把。哎，你也试试嘛。”

“哇哦——有什么可犹豫的，上吧上吧！”伊势随着起哄。

“啊……你们就饶了我吧。”热海尽管嘴上这么说，心里却觉得这也未尝不可。

“那要是别人求你上呢？”光本问。

“嗯……要是那种情况考虑一下也可以。”

三人发出兴奋的怪叫。小酒吧的年轻店员飞奔过来。“请稍微安静一点。”

“不好意思，不好意思。”伊势向店员道歉。“不过你听我说呀，坐在这儿的这位，不但是我们的朋友，还是一位作家。这次，这家伙的小说要拍成电视剧喽。主演是木林拓成，演对手戏的是松崎罗罗子。怎么样，厉害吧？”

“啊——”店员眨巴了两下眼睛，“太厉害了！那个，待会儿可以帮我签名吗？”

“啊，可以呀。”热海说着歪了歪杯子。真是心旷神怡的美好夜晚。

3

策划书在小堺打来电话的两天后寄到了热海的住处。热海巴不得马上送到，昨天一整天心神不宁坐立不安，连大门都没敢出。他甚至想，要是今天还收不到，就打电话催催小堺。

热海心里七上八下地从大信封里取出策划书。几页 A4 纸由订书针订在一起，封面上写着《梅雨时节推理剧策划书》。

翻开封面，最上方的标题映入眼帘的瞬间，热海皱起了眉头。因为上面赫然写着“有闲阔太刑警北白川丽美事件簿：最后的枪声”。

这是什么呀！小堺这家伙搞错了吧！热海心想。似乎本该寄到其他作家那儿的东西寄到他这儿来了。这么说来，恐怕《击铁之诗》的策划书也寄到别人那儿了。

热海立即给炙英社打去电话。小堺正好在座位上，于是他跟小堺说了策划书弄错的事。

“不会，应该没有弄错，又没有其他的策划书。”

“可是的确错了呀。这完全是别的……”说到这里，热海打住了话头。因为标题下面写着策划意图之类，其中点名了原作为《击铁之诗》。

“怎么了？”小堺在那头问。

“……没什么，先这样吧。我确认下再打给你。”热海草草挂了电话。

他又看了一遍策划书。上面是这么写的：

“梅雨时节令人黯然。望着那绵绵不绝的雨，估计谁都想一扫心中阴霾。然而，现实又如何呢？谎言、阴谋、背叛——现代人的生活被这些团团包围，内心整年都处于梅雨之中。正因如此，许多人期待着用娱乐节目将自己从复杂的人际关系和钩心斗角中解放出来，放松身心。基于此，这回我们的目标是制作一部简洁清爽的电视剧。原作为《击铁之诗》（热海圭助著，炙英社），我们将其改编成了这部具有喜剧风格的作品。影视化之际，我们把主角设定为拥有富豪丈夫而兴趣为查案的有闲阔太刑警。我们坚信，经过这样的更改，原作中多少有些牵强附会的故事情节能妙趣横生、大放异彩。”

读罢，热海感到轻微的眩晕。

这算什么事?！《击铁之诗》的主角是一个名叫乡岛严雄的刑警，喜欢单枪匹马行动，讨厌执行别人的命令。故事的大致脉络就是这个乡岛只身一人与犯罪团伙斗争。不管从哪方面看，这都是一部积极紧张的硬汉派作品，可以说描绘的完全是男人的世界。凭什么摇身一变成了“有闲阔太”？而且，热海圭介的“介”字也写错了。

热海翻开第二页，上面写着剧情。大致一扫，他立即感到血冲脑门，好不容易才克制住将手中的策划书撕成碎片的冲动。

热海拿起电话，再次打给小堺。“这到底是怎么回事？”他用稍微有些粗鲁的语气质问。

“您指的是什么？”小堺的口吻泰然自若。

“这显然和原作大相径庭。无论是标题还是主角，全都换了。照这样还有什么好谈的！”

“有那么过分吗？”

“有那么过分吗？小堺先生，你没看过策划书吗？”

“嗯。实在忙得不可开交，不好意思。”

看来小堺将制片公司送来的策划书原封不动地转寄给了热海。

“那我现在就传真给你。请看一看，可以吗？”

“啊……”小堺的回答含含糊糊。

热海拆掉策划书的订书针，准备传真到小堺的编辑部。很久没用传真机了，颇费了一番功夫。

传过去整整三十分钟后，热海又拨通了电话。“看完了吗？”

“啊，对不起。还没看呢。您着急吗？”小堺问。从他的声调并没有听出多少抱歉的意思。

“越快越好。”热海稍稍加强了语气。

“那我看完后就给您打电话。”小堺说。

“好的。拜托了。”

挂断电话，热海坐到了电脑前。他本想投入工作，却焦躁得根本无法集中精力，于是手再次伸向了策划书。

在剧情简介之后，单独一栏列着演员表。旁边附两个字：设想。然而，看到罗列在其中的名字时，热海的心跌至谷底。净是些称不上明星的演员。不用说，木林拓成和松崎罗罗子的大名并不在内。

难得影视化，怎么是这样的演员班子——热海嘴里冒出牢骚。

左等右等，小堺的电话终于打了过来。“我看过了。”他说。

“怎么样，过分吧？”

“嗯——”小堺在电话那头拖着长音应道，“这种情况其实并不少见。毕竟观众大多是家庭主妇嘛,所以把主角换成了女性。不用说，标题也得随之更改。”

“可是，哪儿有什么女刑警啊，还有闲阔太刑警。”

“哈哈哈。”听筒里传来小堺轻快的笑声，“确实很搞笑。但我想，这也是经过他们深思熟虑后的结果。”

“怎会这么认为？老公是富豪，就能无视上司，随心所欲地进行调查。你不觉得这种情节设定非常离谱吗？”

“确实很离谱。不过，主角无视上司，随心所欲地进行搜查，这不正符合原作吗？”

“哎……”

“我觉得两者只是情节设定有出入而已，本质是相同的。”

“不，不是的。乡岛是一头不服从上级命令的独狼，他基于自己的信念行动。”

小堺又拖着长音“嗯”了一声。“就我自己而言，倒是更容易接受电视剧的剧情设定。仅凭是头独狼这样的理由，就无视上司的命令，按常理早被开除啦。”

热海词穷，一时想不出怎么反驳。

“而且，”小堺继续说道，“我从头看到尾，发现改动十分忠实于原作嘛。能如此尊重原著故事情节的策划书，可是不常见呢。”

“咦，哪里忠实于原作了？小堺先生，你当真看过策划书了吗？”

“看了呀。那您说说，哪里没按原作展开？”

“这……没一处好不好！比如这个有闲阔太刑警，说起来用的是老公的钱吧。又是收买黑手党获取情报，又是从熟悉的军火商那里购买军用直升机，这种事都办得到，岂不是无所不能？原作当中主角可辛苦多了。”

本以为会得到小堺的认同，没想到他出乎意料地答道：“呀，这个怎么说呢。”

“怎么说……”

“原作当中设定的情节是主角逮到的男人是黑手党，他敬佩主角的浩然正气，于是全力配合调查。但这到底说不过去吧。再说军用直升机，原作当中是主角从美军那里偷出来的，这压根儿不可能嘛。所以，尽管这么说有点过分，但我觉得在‘无所不能’这一点上，原作和策划书不相上下。哎呀，当然了，这个‘无所不能’倒也是本小说的特色。”

热海再次哑口无言。小堺指出的这点，正是在网上的书评栏等处被批得体无完肤的部分。

“反正，”热海说，“这样我没法同意。请让对方再重新考虑考虑。”

“是吗，那我们就拒绝喽？”

“啊？拒绝……”

“您不是说这样策划不行吗？”

“呃，是那么回事，但也不是拒绝。”

“不是这个意思吗？那我该怎么做？”

“不是说了嘛，那个……请向对方转达我的希望。请他们改编的时候更忠实于原作，主角也换回男的。”

“这样啊。”小堺意味深长地沉默片刻后说，“将您这些想法转达给对方倒是没有问题，不过那样的话，恐怕这事就不会有下文了。”

热海大吃一惊。“啊？为什么？”

“您想啊，对方之所以特意寄来策划书，还不是因为这样改编才有拍成电视剧的可能？如果这种改编行不通，拍电视剧的计划自然会被搁置下来。”小堺的口气风轻云淡，听上去甚至让人感觉他是故意装得这么冷静。

热海不知该如何作答。

“怎么办？”小堺问。

“暂且，”热海说，“请先让我考虑一下吧。”

“那我等您的答复。”小堺爽快地应道，随即挂了电话。

热海再次坐到电脑前陷入了沉思。拍电视剧的事难以割舍，但是，真的可以妥协到这种地步吗……

他不经意地看向一边，那里堆着几十本《击铁之诗》，不是出版社赠送的，而是他自己逛书店的时候买下来的。出版社为了调查图书的销量，会监控几家书店的销售数据。于是，他企图通过买下这几家书店的书，伪装成《击铁之诗》热销的假象。然而，这份辛劳并没有得到回报，《击铁之诗》一次也没有加印。

拍成电视剧之后就会引起热议，书也可能会随之大卖。

这时，电话响了。热海看了一眼来电显示，是老家打来的，尽管有点提不起精神，他还是拿起了听筒。

打来电话的是母亲。“拍电视剧的事怎么样了？”她上来就问。

“嗯，正在进行。策划书寄过来了……哎呀，这个还不知道呢……啊？都告诉亲戚他们了呀？嗯，倒是没什么。哎？哈哈哈，大家还真是喜欢木林拓成啊……啊，我会提提看的，但跟他们说别抱太大希望。那我挂了啊，忙着呢……嗯，知道啦。”

挂断电话，热海沮丧地低下了头。父母的脸庞浮现在他眼前。要是知道拍电视剧的事落空，他们估计没脸见亲戚们了。而且，自己也没法向光本、伊势和美代子交代。

下定决心后，热海再次拿起了话筒。

“喂，是小堺先生吗？我是热海。拍电视剧的事，那样策划也可以……是的，没有问题。那个，我只有一个希望。嗯……关于角色的安排，这个我可以提出自己的想法吧？是的，这个我明白，未必一定会按照我的意思来。但我还是想告诉他们一声……那个，主角我认为由松崎罗罗子来演比较合适。另外，不管是什么角色，请想办法让木林拓成出镜……对，是木林拓成……是吗，那就拜托你了。”

4

听说《击铁之诗》定下来要拍电视剧的时候，小堺略微吃了一惊。“是真的吗？”他反复确认道。

“千真万确。”制片公司的人在电话中回答，接着又说，“希望近期能签订正式合同。”

“好的。那麻烦把合同寄到我这里来吧。请热海先生签字盖章之后我再寄还给您。”说完，小堺挂掉电话，不由得陷入了沉思。

他想，有的事还真是出人意料。《击铁之诗》竟然要拍成电视剧了。他原本算准了那种策划方案根本不可能通过。说起来，时长两小时的电视剧策划方案，大多数情况下不过是在新小说出版时为防他人先行一步而提前占坑的手段而已。不管三七二十一，先抢到再说——差不多就是这种心理。一听说自己的作品要拍成电视剧便高兴得忘乎所以，结果没能如愿，以致心灰意冷的作家比比皆是。小堺以为这次热海也是这种下场呢。

然而，与预料的相反，策划方案通过了。据说因为预算的关系，剧情的规模比策划书写得有所缩小，演员的档次也下降了一些，不过这也没办法，只要能拍出来就很了不起了。

小堺给热海打去电话，他眼前仿佛浮现出作家欣喜的表情。

电话接通了。小堺立刻报告了电视剧策划方案通过的消息，等待着对方精神一振的反应。

谁知热海好像并不怎么来劲，嘴里冒出的第一句是：“主演是谁？”小堺说出女主演的名字后，电话那头传来热海明显失望的声音：“哎？那个女演员，不是早过气了吗？还是松崎罗罗子好啊。”

这家伙真是没脑子！小堺心想，那种一线女星怎么可能出演这种单集的B级闹剧。尽管小堺对热海说会向对方转达他的希望，但那当然是在糊弄他，光是想到要说出松崎罗罗子的名字，小堺都感到不好意思。

“听说她档期排不开。”小堺随口应付道。

“这样啊。那木林拓成呢？他上得了吧？”

当然不可能。那可是国民明星！“呀，听说也很难。因为那位非主角不演。”

只听热海“呼”地叹了口气。“是吧？我早就料到了，所以才希望主角仍是男性嘛。”

这根本不是问题所在。小堺在心里嘀咕，但嘴上附和着：“确实很无奈啊。”

“哎，那眼下能再稍微想想办法吗？要是松崎罗罗子和木林拓成上不了，用几个其他的当红演员也好。”

小堺的脸已经皱作一团。这家伙真是狗屁不懂呀。

“那个，热海先生。这种策划方案呢，一般是通不过的。类似的策划方案有数十个之多，电视台会从中挑选，落选是稀松平常的事。而您的作品要被拍成电视剧了呢，您应该再高兴点。或者说，难道您还是不满意，要拒绝？现在还没有签订正式合同，倒不是不能反悔。”

闻言，热海的语气立刻变得焦躁。“不不，没有的事。我的意思不是拒绝。那个，请他们继续进行吧。”

“好的。合同近期就会寄到我这里，我会把它转寄给您，请在上面签字盖章后寄还给我。”

“知道了。那，宣传从什么时候开始？”

“宣传？什么宣传？”

“当然是书的宣传啊。我想拍成电视剧之后，肯定有各种各样的宣传方法。比如，在腰封上点明拍电视剧这件事。好像也有在上面印电视剧剧照的。”

“啊——”小堺忍不住发出毫无兴趣的声音。

热海说得没错。在小说定下拍电视剧后，多数情况下确实会换上将这一消息广而告之的腰封，登载主演们的照片也是常有的事。

然而，那仅限于电视连续剧和特别节目，普通的两小时电视剧基本不来这一套。若每次都用这种宣传方式，一是没完没了，二是费钱。

由于不便直说，小堺只得回答："我们会考虑的。"

"还有，记者见面会什么时候举行？"

"记者见面会？什么记者见面会？"

"开机仪式啊。定下日期之后，要是能告诉我就好了。"

小堺简直快扛不住了。这种不值得期待的电视剧怎么可能做这些！然而，要是举行，热海似乎有意出席。

"如果安排了，我会通知您的。"

"拜托你了。总之请考虑下书的宣传，这么说是因为我觉得时机很关键。"

"好的，我们会研究的。"

挂断电话，小堺摇了摇头。

热海完全误解了。如今这个时代，即便被影视化，书也不会轻而易举地畅销。如果是连续剧和电影，还有点影响，但也不会像人期待的那样大卖，这是现实。更何况是普普通通的两小时电视剧，可以说在读者中不可能有一点反应。估计热海多经历几次就知道了。毕竟，想把那种过时的硬汉派小说影视化的人今后是否还会出现尚未可知。

小堺正浮想联翩时，电话响了，他当即拿起话筒。"您好。这里是灸英社书籍出版部。"

"喂，请问热海圭介老师作品的责任编辑现在方便接电话吗？"一个男声问。

"您好。我就是责任编辑小堺。"

"突然打电话，不好意思。我是……"男人报上姓名，是一家大型艺人事务所的职员，“我想咨询下《击铁之诗》这部作品的事。”

“啊，您指的是……”

“那部作品的影视改编权，现在不知道是什么情况？”

“啊？《击铁之诗》吗？”

“是的。”

“呃，这个啊，已经定下来了。”

“啊，是吗？”对方的声音里明显充满了失望，“已经无力挽回了吗？合同签完了？”

“是的。关于那部作品影视化的事，已经全部定下来了。”其实合同还没有签完，但因为不想麻烦，小堺这样回答。

“明白了，那样的话我们放弃。在您百忙之中打扰，抱歉。”

“不客气。”说着小堺挂断电话，缩了缩肩膀。

世间不乏怪事，想把那种作品影视化的人居然不止一个！

不过，反正也不是什么了不起的策划方案。小堺决定忘掉刚才的电话，当然也不准备告诉热海这件事。

男人手中紧握着手机，叹了口气。

“怎么样？”他身后的人问，“你刚才说‘我们放弃’。”

男人转过身来，摇摇头。“晚了一步。《击铁之诗》已经被哪儿拿下了。”

本以极随意的姿势躺在沙发上的男人霍地站起身来。“不能想想办法吗？”

“估计不行了，听说合同已经签了。”

对面的男人立刻抓起旁边的靠枕扔了过来。“我说了要早点行动，谁让你磨蹭到现在！”

“对不起。我查查是哪儿买下的，想办法让他们请您做主角吧？”

“别说蠢话！哪能干这么掉价的事？就是不想那么做，我才想自己买下影视改编权。”

“对不起。”男人低头致歉。

“混蛋！怎么可能！那个主角只能由我来演呀，我可是一直在等那样的作品……”

绝世巨星木林拓成咂舌叹道。

序之口

1

在早晨六点闹钟响之前，只野六郎就按下了开关。现在是五点五十分。昨晚他十一点睡的觉，算下来在床上躺了将近七个小时了。可实际上睡了几个小时呢？他记得自己的意识似乎压根儿没进入睡眠状态，或许也意外地睡着过两三个小时，但终究就是没有睡过觉的真实感，一爬起来头昏脑涨的。

虽然没什么食欲，还是有必要吃点东西，因为不知道今天会消耗多少体力。于是，只野六郎用瓶装茶将昨晚在便利店买好的饭团冲进了胃囊。

之后，他在卫生间刷牙洗脸。镜子里映出一张疲倦不堪的男人的脸。他最近一直在忙着写短篇小说，但疲惫的原因并不在此。

换好衣服后，他将目光投向放在玄关的行李。为今天而做的准备工作，昨天中午就完成了。

没想到这一天还是来了。看着硕大的球杆袋，六郎呆呆地想。到了今天他还是无法相信自己居然会打高尔夫球。

“打高尔夫吧！我跟您说啊，唐伞先生，高尔夫可有意思啦。所有的作家都在打呢。当了作家就得打高尔夫，非打不可。”说这番话的是灸英社的总编狮子取。只野六郎的笔名是唐伞忏悔，他半开玩笑地取了这么个笔名，由于用它应征的小说斩获了新人奖，到如今也就没再改。

“为什么非得打高尔夫？”六郎问。

“因为作家也需要交际。”狮子取当即回答，“或许您以为作家没有必要应付人际关系，事实上可不是这样。比如，这里有两个销量级别不相上下的作家，要找其中一位连载新作，当然会优先考虑交情深的那位了。这是人之常情嘛。”

狮子取的话有一定的说服力，六郎也觉得可能确实是这么回事。

六郎作为作家出道已经三年了。新人奖获奖作品《虚无僧[①]侦探早非》卖得还差强人意，但之后出的书无一例外全都止于首印。长篇及短篇的约稿倒是常有，委托撰写连载的请求却从未有过。看到同时期出道、料想销量也与他差不多的作家接到了连载的工作，六郎也开始认为或许与编辑的交往也很重要。

“还不止这些。”狮子取说，“与编辑的交往固然很重要，但更得重视的是与前辈作家的交流。听听这些人的见解，会受益良多。从他们那里不仅可以学到小说的写作技巧，还能掌握在这个世界生存下去的本领。而且，”狮子取压低声音继续说道，“这些前辈作家之中，

①日本禅宗支派普化宗的僧徒，头戴深草笠，吹尺八，云游四海。

有不少担任文学奖的评委。几部候选作品里如果有自己平日喜爱的后辈作家的作品，他们很可能会有意推荐，这完全在情理之中，对不对？”

这番话让六郎有点抵触。“这不是作弊吗？”

“哎呀，哪有的事。”狮子取噘起嘴来，“能提名文学奖的都是非常优秀的作品。坦白地讲，哪部作品获奖都不足为奇。最终，评委考虑的只是自身的喜好和作家的潜力之类。这个时候，比起完全不了解的作家的作品，评委当然是满怀信心地推荐熟悉的作家的作品。你不这样认为吗？”

狮子取所说好像有几分道理。

“我说得没错吧？所以，要打高尔夫。经验丰富的作家都打高尔夫呢。尽管没必要拍马屁，熟络些总是没坏处的。”

“嗯，大概是吧。”

因此，虽然还没完全释然，六郎还是打起了高尔夫，而且他原本也认为参加项运动比较好。狮子取不光帮他挑选好用具，连练习场地和教练都给安排妥当了。

六郎开始试着打起来，确实挺有意思。光是在练习场打打就很开心，也刚好换换心情。

然而，这样过了几周之后，狮子取突然打来电话，问六郎是否愿意参加灸英社举办的高尔夫比赛。

“光岛老师和玉泽老师等经验丰富的作家们也参加，这可是个露脸的大好机会呀。”

六郎大吃一惊，他至今还没下过球场呢。要是制造出麻烦，惹得前辈作家生气就糟了。

“没关系没关系，不会有前辈作家因为你打不好高尔夫而讨厌你的。反倒是玉泽老师那样的，年轻的时候就达到了专业级水平，因此常常被前辈嘲笑说，‘你不写小说光打高尔夫吗？’那您的意思是没问题吧？我这就给您报名了！”狮子取径自说完后，不等六郎回答就挂断了电话。

而今天，就是正式上场的日子。

心情好沉重啊，真不想去……尽管心里这么想，但事到如今已不能取消。当初怎么不斩钉截铁地一口回绝呢？现在后悔为时已晚了。

2

六郎准备就绪正发着呆，门口的对讲机响了。接起来一听，是灸英社的小堺。他是六郎的责任编辑，狮子取的部下。

走出公寓，只见一辆黑色包租汽车正在待命，旁边站着司机和小堺。

“早上好。”身材瘦削的小堺恭敬地低头致意。他身着高尔夫球服，外罩一件夹克。

“早上好。”六郎也打招呼道。

司机麻利地打开后面的车门。六郎受宠若惊地坐了进去，这还是他头一回乘坐包租汽车。小堺帮他把行李放进了后备厢。

“那就麻烦您了。”坐上副驾驶席后，小堺对司机说，而后朝六郎这边扭过身子。“我想您应该听狮子取说了，接下来我们顺路到光岛老师府上捎上老师。”

“啊，好的……”六郎点点头。

专门派车来接让人感激，但听到同行者的名字，六郎心情瞬间低落下来。和谁不行啊，偏偏和元老级作家光岛悦夫一道。他和六郎的年纪差距跟父子似的，甚至更大。在这狭窄的车厢内，到底聊什么好呢？

包租汽车驶进了高级住宅小区，在一栋豪宅前停了下来。往门前看去，六郎大吃一惊，只见光岛已经站在那里，旁边放着球杆袋和运动包，脸上明显带着不快。

司机下车时，小堺也从副驾驶席跳下了车。跟接六郎的时候一样，司机打开后边的车门，小堺则准备搬行李。

然而，光岛像赶苍蝇似的挥挥手。“太晚啦！你们以为几点了？现在就是去了也赶不上开场，去了也白搭。”沙哑的声音在清晨的路上格外响亮。

“呃，我想应该没问题。请您先上车吧，我会联系其他人的。”小堺点头哈腰地说。

“我说了，没用。你们迟到了半个小时。那个高尔夫球场我去过多少次了，清楚得很。这个时间出发根本来不及，肯定会堵车！”

“这个我们会想办法的，总之请您先上车吧。拜托了。唐伞先生也在里面呢。”

突然被提到名字，六郎吓了一大跳。后车座右侧应该坐长辈——他手忙脚乱地下了车。

身材矮小的光岛那锐利的目光瞪了过来。六郎颔首致意，请光岛上车。

光岛冷哼一声。“反正我看是白跑。”说完钻进车里。小堺顿时露出如释重负的表情。

包租汽车再度启动。谁都一言不发，理所当然，车内的气氛凝重。

小堺拿起手机，开始和某人讲话。断断续续地能听到“行驶时间”、

“包租汽车的安排”等只言片语。

小塀刚挂断电话，“怎么样？”光岛问，“到底还是赶不上吧？”

“负责的人好像弄错时间了。”

听到小塀的回答，光岛响亮地咂了下舌。“我早就料到了。”

“不过请您放心，只要换下入场顺序就没问题，我请他们把老师调到了最后一组。”

“真的没问题吗？”

“没问题，包在我身上。”小塀使劲点点头。

然而，小塀的背影散发出的从容并未持续多久，因为路上开始堵得一塌糊涂。

“瞧！没错吧，说了肯定会堵车的。什么叫包在你身上，还不是一点辙都没有！”光岛语气生硬。

这下可糟了！六郎心想。这么重要的比赛，最起码得把握好时间吧。他也想嘟囔两句，不过要是连他都在这儿发牢骚，氛围只怕会更加恶劣。

六郎偷偷瞥了旁边的光岛一眼，白发苍苍的元老级作家正板着面孔望着窗外。想到接下来的好几个小时都得以这样的状态待在车内，六郎的心情一片灰暗。

必须想个办法缓和下气氛，还是自己先对光岛说点什么比较合适吧，可是又没有话题可聊。而且，不知道光岛是怎么看自己的。竟然跟这么个毛头小子同乘一辆车——感觉他不快的可能性比较大。

第一次见到光岛悦夫这个名字，还是六郎念初中的时候。他是在老家的书架上发现的。几本书并不怎么厚，用现在的话说是平装本，和其他小说一起塞在书架里。

书的封面上一律画着学生模样的插图。他们穿着早已过时的制服，并非现代的年轻人，感觉怎么都像昭和时代的青年男女。

那些书是母亲的。六郎问过母亲，据说是她学生时代爱读的书，一直珍藏至今。

六郎试着看过其中一本，讲的是青梅竹马的一对男女彼此钟情却说不出口，见面除了吵架还是吵架，升入高中后，在倾听对方恋爱烦恼的过程中才逐渐清楚自己内心真正的想法。故事内容司空见惯，但因为在手法上下了功夫，读起来也着实有趣。母亲说，这种套路的称为青春小说，在那时很受欢迎。以现在的标准来看类似于轻小说。

话说回来，光岛写那种东西是好几十年前的事了。如今他以描写风格沉稳、揭露人性的剧本广为人知。就像凭泳装照出道的女星讨厌别人旧事重提一样，光岛或许也不希望别人提起那时候的事。

路上依旧堵得水泄不通。尽管上了高速公路，但速度根本提不起来。时间一分一秒地流逝，连第一次去球场的六郎也感觉照这样赶不上了。

小堺在手机里叽叽咕咕地说了些什么之后，脸色有点难看地回过头来。“那个……到了那边之后，想先请二位用午餐。”

“午餐？”光岛的眉毛皱成了八字。

“是的。用餐完毕后尽情参加下半场比赛……”

“下半场比赛？如此劳心费力地赶来，只参加个半场就回去？”

“非常抱歉，时间方面出了问题。”小堺深深地低头致歉。

光岛一听脸都扭曲了，敲了敲前面驾驶席的椅背。“喂，找个地方停下来！我要下车。”

“啊？”小堺眼看就要哭出来了，“老师，这……”

“怎么？有什么不满吗？这简直是浪费时间。我要回去，找个地方放我下来，我一个人回去。”

光岛没有善罢甘休的意思。小堺束手无策，只得小声对司机说：“请在下个出口下高速。”

六郎禁不住缩了缩脑袋，局面一发不可收拾。不过如果光岛下车，自己姑且可以从目前这种喘不过气来的状况中解放出来。踏实的心绪在胸中蔓延开来。

说归说，六郎也觉得一直这样闷声不语氛围太糟。今后说不准在哪儿还会与光岛产生交集呢，要是让他记住“当时那小子到最后都没跟我搭腔”这件事就不妙了，想破脑袋也要给他留下点好印象。

“其实，”下定决心后，他开口道，“我母亲是光岛老师您的粉丝，她说经常读您的作品。”

似乎对六郎突然开口颇感意外，光岛的眼睛瞬间圆睁，然而随即便换回兴趣索然的眼神。“啊，是吗？”语气冷冰冰的。

“哎？是吗？”与之相反，小堺主动插话进来，“什么作品？要说光岛老师最近的作品，都是我们出版社……”

“别说了！”光岛厉声制止。“准是些花言巧语吧，我要是当真怎么办！”

“不，不是的，我母亲确实……”

六郎企图辩解，但光岛不胜其烦似的摆摆手。

“好啦，别费那番心思了。自己没读过，就说家人啦朋友啦是我的粉丝，讨我欢心。这是常有的事儿。不用介意。你这么大的年轻人，不知道我的作品很正常，拍这种马屁反而让人不愉快。”

六郎穷于回答。

“我说得没错吧”——光岛的眼神带着这种信息转回车窗外。小堺好像也有点尴尬，陷入沉默。

六郎心急如焚——必须做点什么。他发现光岛到底还是没有猜对，自己并非没读过光岛的作品。月与大地的日记——他小声自语道，而后看了看旁边。

光岛的侧脸产生了变化，他面无表情地转向六郎。“你说什么？”

“您写过这部作品吧？《月与大地的日记》。我记得大概是四五十年前的作品。”

“……怎么了？”

“那部小说的构思，”六郎舔了舔嘴唇，继续说，“我认为非常有意思。起初只是交替写一个男孩和一个女孩的日记，后来逐渐混入与其他人的交换日记。通篇都是由日记构成，他们各自的心理活动只有读者清楚，读起来真是惊心动魄。”

“你，读过吗？”

“只读过那一本。”六郎老实作答，“不过家里的书架上还有很多您的作品，听说都是母亲学生时代读过的。”

“哦。”光岛撇了撇嘴，“所以你才说你母亲是我的粉丝呀。是青春小说吗？不是给成年人读的？”

“是的。”六郎低着头。果然还是惹得这位元老级作家不高兴了。

令人压抑的沉默在持续。小unamed依然面朝前方。

“我啊，”光岛用郑重的口吻说，“曾被称为‘青春小说帝王’。”

“帝王？”

“是啊。那时候青春小说处于鼎盛时期，在市面上大卖特卖。各色作家竞相写这种体裁，像夏井啊花本啊都写过。”光岛不加敬称地直呼现在可称为泰斗级的作家，“自己这么说可能有点不谦虚，但我的书销量可是遥遥领先。虽然不知道你的母亲看过多少，但当时的年轻女性看个五本六本是很正常的。”

"这么厉害啊？"

"嗯，就是这么厉害，根本不是如今的畅销作家可比的。几乎可以说当时是我一个人在支撑着整个出版界。"发出这番豪言壮语后，他话锋一转，带着几分自嘲的语气笑道，"开始写面向成人的小说后，倒是卖不动了。"

"我母亲说，"六郎回忆着往事，"《星空校园》这本书很有趣。"

光岛仍紧锁双眉，但嘴角放松下来。"那本科幻小说啊？完全是败笔，写得一塌糊涂。反正对我来说是部很丢脸的作品。"

"还有《秘密教室》，她也很喜欢。"

"秘密教室啊……"光岛歪着头想了想，苦笑道，"讲的是什么故事来着？写得太多我都忘了。"

"那我下次问问母亲。"

"好啊，替我问问吧。代我向她问好。"

这时，小堺回过头来。"光岛老师，马上就到出口了……"

光岛恢复了严肃的表情，沉默片刻后微微点点头。"算了，一直往前开吧，偶尔打个半场也不错。"

"好的！"小堺精神抖擞地回答。

3

到达高尔夫球场时已接近正午了。在更衣室换好衣服后，大家前往餐厅用午餐，这时打完上午场的队伍陆续归来。

"哎呀，阿光，够呛吧？"和颜悦色地向光岛打招呼的是硬汉派小说第一人堂山卓治，他光洁的银发梳成了大背头。

“嗯，真受不了啊。”应和的光岛已然情绪高涨。

继堂山之后，又有一些鼎鼎有名的作家向光岛打招呼，而六郎甚至不敢上前与这些名人寒暄。这么说吧,光把他们的代表作列出来，就足以代表日本娱乐小说的历史。

小堺走到六郎身边说:“唐伞先生，有点事想跟您商量一下。”

“什么事？”

“实际上，我们需要改变组合。唐伞先生您得和光岛老师分到不同的组。”

“啊，是吗？”好不容易才和光岛老师说上话，六郎心想。“那我和谁一组？”

“嗯……跟深见老师和玉泽老师，还有我。”

“啊？”六郎不由得往后一仰。两位都是超级人物，深见明彦擅长写旅情推理小说，是划时代的大家；玉泽义正擅长写警察小说，接二连三地推出畅销作品。“这个，不能想想办法吗？”

“对不起，已经定好了。”小堺双手合十致歉，随即匆匆离开。

虽然午餐还没有结束，六郎一点食欲都没有了。单是首次参加高尔夫比赛就令他紧张兮兮了，谁承想还和那种大人物一组。真想逃之夭夭。他当真考虑过谎称身体不适打道回府，但想象一下装病败露的情形，还是作罢。由于紧张过度，六郎连着去了好几次厕所，可是根本解不出来。

终于熬到了下午的比赛时间。六郎被小堺带到一号洞的发球区严阵以待，随后两位大家迈着从容淡定的步伐出现了。

小堺向他们介绍了六郎。两位都只是大方地颔首致意，看上去似乎对这个刚出道不久的毛头小子没有任何兴趣。

沉浸在几乎胃疼的紧张中，比赛开始了，按先深见后玉泽的顺序打第一杆。两个人都完美地将球保持在了球道区，尤其是玉泽打出的飞行距离直接让六郎吓破了胆。

“你稍微客气点好不好？”深见抱怨道。

“哎呀，我这已经相当克制了。”玉泽笑嘻嘻地回应。

接下来轮到小堺，最后是六郎。本来是值得纪念的首次高尔夫比赛第一杆，但六郎压根儿没有那份心思感慨。他将球座插入地面，正想摆球，可指尖一哆嗦，没能放好。

费了九牛二虎之力终于把球放好，握住球杆摆好姿势，大脑中一片空白。就这样挥起，落下。只听“嗖”的一声划过空气，毫无击打的手感，球依然稳稳地停在球座上。

六郎浑身上下一个劲儿地冒冷汗，连回头看一眼前辈们的勇气都没有。小堺的声音钻入耳朵，但说的什么完全没听到。他的大脑已经根本不转了。

不管怎么样要打出去，让球向前飞——六郎的脑子被这个念头牢牢占据。他手忙脚乱地摆好姿势，慌里慌张地挥杆。这次打中了。然而，根本不知道球去了哪里。

“界外！”传来一个女球童冷冰冰的声音。

血霎时冲到了头顶。六郎从口袋里摸出球，再次放到球座上。动作仍旧匆匆忙忙，他不顾一切地挥出球杆。

这次发出微弱的声响，球只滚了两米左右。

4

结果，在结束第一洞之前，六郎共打了十三杆，就这样还累得筋疲力尽。走向下一洞的途中，他瞥了眼前方。深见和玉泽像什么事都没有发生过似的谈笑风生，看来他们压根儿没把这个初出茅庐的年轻作家放在眼里。六郎在心底松了口气的同时，不免感觉有些惨兮兮。

此后对六郎而言仍是殊死搏斗。每打一洞他都要抱着几根球杆跑来跑去，在果岭上往返球洞周围的次数之多更是连自己都厌烦。好不容易得上两分吧，接下来又开始出错。

两位前辈作家球技发挥稳定。深见在距离方面不出彩，但没犯大的失误，所以分数稳升。而玉泽还是在距离上取胜，且擅用诸多小技巧，专业选手面对他都相形见绌的传闻果然不是空穴来风。

随着洞数的递增，六郎的心情也逐渐平静下来。于是，前辈作家们的交谈开始传入他的耳中。可以说，他们丝毫没有聊有关小说的话题，但也没有一味地探讨高尔夫。他们的话题涉及股票、麻将、雪茄、钓鱼等方方面面，当然也少不了酒与女人。他们侃侃而谈的这些内容，适度地知性，适度地高雅，也适度地下流。

望着两人你一言我一语，六郎感慨万千：真潇洒！一面挥舞着高尔夫球杆，一面享受着作家之间的谈话——这才是一流的证明啊。

就在这个瞬间，六郎忽然意识到，自己不是该待在这种地方的人。连部像样的代表作都没有的半吊子作家，怎么适合与这些老前辈在同一个地方打高尔夫？既然如此，狮子取干吗把自己叫到这种场合来呢？

六郎默默下定决心，这次结束后暂时不打高尔夫了。

此后，他不紧不慢地将精神只集中于打球这一件事上，不再考虑其他。不可思议的是，分数竟然迅速增长。当然，仍旧停留在初学者的水平。

就这样，终于迎来了比赛的结束。六郎浑身累得要散架一般，正往俱乐部会所走，有人靠了过来。

“辛苦了。”玉泽朝六郎打了声招呼。

“啊……您也辛苦了。”

除了在打完所有的洞后报告分数以外，他与玉泽几乎没有过任何交谈。

“你好像累得不行啊。”

“是很累。高尔夫真难打呀。”

“哈哈哈！”玉泽愉快地笑道，“谁一开始都是那样。连我以前也像个田径队员似的跑来跑去呢。”

“啊，是吗？”

“你今天是和光岛老师坐同一辆车来的吧？回去路上你可以问问他。初学高尔夫的时候，我们俩一起被折腾得不行，还遭人嘲笑：‘喂，毛头小子，球又不会笔直飞，追女人的时候也不至于那么直来直去吧。’”

“是吗？”

“不过呢，”玉泽用胳膊肘碰了碰六郎的胳膊，“你累的原因不仅仅是高尔夫吧？应该是被我们这些麻烦老头儿包围，提不起精神来。”

“不，怎么会……”

“好啦，不用掩饰了。这很正常。见我们摆架子耍威风，很来气，对不对？”

“没有这回事。看着您二位，我羡慕不已。畅销作家优哉游哉地享受着高尔夫的样子，非常潇洒。我希望自己也能早日变成那样。”

听到这话，玉泽露出苦笑，鼻子上堆出皱纹来。“真是个老好人！你这么年轻，再嚣张点才对。看到上年纪的或者老头子作家耍威风，必须恨之入骨。毕竟狮子取也是因为这个才叫你来的吧，序之口[①]级的。”

“序、序之口？”

玉泽哧哧地笑着点点头。

“相扑的序之口，位于级别排列名单的最下方。虽然也是相扑手，但根本招揽不来客人，当然也拿不到工资。尽管如此，之所以做得成相扑手，全仰仗能招来客人的人气力士，代表就是横纲和大关。正因为有他们，平幕也好十两也好幕下也好才能过活。不用说，序之口也不例外。可话说回来，同一拨人不可能永远称霸称雄。等他们退役后，必须有人接替他们来做横纲和大关，这样相扑界才得以连续不断地传承至今。这种构图，在我们的世界也一样。”

“我们的世界是指……”

“作家的世界呀。”玉泽说，“你那边，首印多少？”

这个突如其来的问题令六郎措手不及，没法搪塞过去。“八千册。”他老实回答。

“这样啊。随口问一句，出这八千册书，你觉得出版社能赚多少钱？”

“这个……”六郎穷于回答，“我猜大概赚不了多少。”

“是吧。不仅如此，赔本的概率更高一些。即便如此他们还出你的书，就是因为看好你的潜力。但是，做书需要花钱，你觉得这些钱是谁挣的？”

六郎默默无语，歪头思索。至今他从未考虑过这个问题。

“横纲啊。”玉泽说，“还有大关。畅销作家们就可以如此比喻。

---

①日本相扑选手的等级从高到低分为横纲、大关、关胁、小结、平幕、十两、幕下、序三段、序二段和序之口。序之口即相扑选手最低等级。

正是因为销售他们的书，出版社才能获利，而其中一部分便成了出下一代新人图书的资金。这和相扑界是一样的。”

六郎惊得倒吸了一口凉气，用“茅塞顿开”来形容此时的感受再恰当不过。他不得不承认，事实确实如此。“啊，怪不得您说我还只是序之口……”

“你别不高兴，我也是从那儿起步的。重要的是，要有向上的劲头。别以为只要写出好东西来，就能顺顺利利地升级，这个世界没有那么简单，还要有把横纲和大关拉下马的气魄。别崇拜我们这些老头子，要是崇拜，只有一条路可走，就是成为那个水平的作家。”

回过神来时，两个人已经站住了。六郎的整个身体保持直立不动的姿势。

“我会铭记在心。”他深深地低下头。

“别这样好不好？”玉泽皱起眉头迈开步子。

回到俱乐部换好衣服后，六郎去了餐厅。刚缩到末席，有人坐到了对面的座位。他抬眼一看，不禁愕然。竟然是本格推理界的超级大人物大川端多门。借用玉泽的话，就是大横纲。他今天穿了一身白西装。

点心端了上来，六郎闷头开吃。他想尽可能不与大川端四目相对。

突然，传来一个嘶哑的声音：“早非是……”六郎以为听错了，没作出反应。谁知，又听到一声“早非啊”，这次不能无视了。

六郎抬起头来，与留着白胡子的大川端视线撞了个正着。“是。”他声音沙哑地答道。

“早非其实不是虚无僧，这个诡计，我读到半截就发现了。”

“啊、哦。”六郎出了一身的冷汗。这位超级作家在谈六郎的处女作《虚无僧侦探早非》。

“不过，”大川端继续说道，“尽管早非不是虚无僧，但虚无僧却是早非——这个关键着实让我大吃一惊，彻底被骗了。设计得真精妙！啊，不得不感慨出了个了不起的年轻人哪！”

六郎没能接上话。他想致谢，却因感激不尽而僵住了。

“可是呢，”大川端露出淘气的小孩在打鬼主意般的表情，“我的下部小说更精彩，下次我送你一本读读。”

六郎依旧没说出话来，只默默地使劲点了点头。与此同时，他暗想：玉泽先生说得没错。只要不把这些人拉下马，他们就会永远以横纲自居……

加油吧！他在心底默念。

残忍的女人

1

五月的某天，作家热海圭介坐在东京都内的一家咖啡馆里。今天要与他在灸英社的责任编辑小堺商量工作事宜。热海的旁边放着一个大袋子，里面是即将出版的书的校样——即试印出来的文稿。热海自己完成了校对，接下来要进入核红流程。

约定的时间过去三分钟之后，小堺从门口走了进来，整个人仍旧很瘦削。

“非常抱歉。久等了吧？”小堺口气轻快，听不出多少愧疚之意。

“哪里，没有的事。我早来了一会儿而已……”热海的句尾消失，是因为他的目光落在了与小堺比肩而立的女子身上。

该女子年纪估计不到二十五岁。栗色的头发剪得短短的，脸型小巧，眼睛很大，看上去没有化妆，肌肤却如陶器般光滑。

“那个，我先介绍一下。这是刚调到我们部门来的川原。”小堺说。

“我是川原。”说着，她递上名片。热海慌忙站起，接过名片，只见上面写着“灸英社书籍出版部 川原美奈”。

“啊、你好，我是热海。”热海看得入迷，话也差点忘了说。编辑里原来也有这么可爱的女子啊！

“那我们先坐下来吧。”小堺说。

“哦，对。先坐下吧。”

热海落座后，小堺和川原美奈也在他对面坐下，待女服务员走过来，他们也点了咖啡。

“实际上，把她调过来是由于我负责的作家增加了太多，而且大家都希望尽快出书，我一个人无论如何都忙不过来。这么一来呢，就决定由她来分摊几位作家。”

“啊——”热海半张着嘴将视线移向川原美奈。她默默无语垂着眼帘，睫毛显得尤为纤长。睫毛突然一动，她冷不丁地凝神望向热海。四目相对的瞬间，热海感到身体倏地热起来，他一时不知所措，不由自主地挠了挠头。

“那个，介绍给我的目的是……”热海将视线移回小堺身上。

“嗯，我在考虑今后是不是可以让川原担任您的责任编辑。当然了，不是一下子将工作全部移交给她，而是先让她做我的助手，然后一点点地委托给她，我是这样想的。”

“原来是这样。”

热海端起杯子，想喝口咖啡。手稍微有些颤抖——这是源于心脏在怦怦直跳。他赶忙用另一只手扶住杯子，总算喝到了嘴里。

小堺二人的咖啡也送了过来，但是谁都没有将手伸向杯子，他们似乎在等待热海的答复。热海用眼角的余光捕捉到川原美奈正绷直了后背望着自己。

“您意下如何？”小堺问，“如果有什么问题的话，我们再重新研究。”

“哎？啊，没有。没有没有没有。”热海激动地摆摆手，“什么问题，怎么会有呢！”话都说反了。“对我来说，责任编辑是谁都无所谓。”

“这样啊。”小堺如释重负地笑了，“那就拜托您了。”

“请多多关照。”川原美奈说着低下头。

“请多关照。”热海也回应道。与抬起头来的她再次目光相接，刚才那一脸认真的表情这时化作了柔和的微笑。

之后他们隔着校样进行了商议。热海就校正的内容作了说明，小堺听着，川原美奈在旁边做了笔记。

商议结束后，热海走出咖啡馆，迈着轻快的步伐走向车站。离别之际川原美奈说的那番话在他脑海中一遍遍重复。

“能担任热海老师的责任编辑，我感到非常荣幸。有不周到的地方，还请您多多包涵。”她表情诚恳，说完低下头，继而又抬眼注视着热海。

与她……

从此以后还可以见无数次。虽然一时半会儿大概还要和小堺一起，但不久就是两个人单独见面了。商量工作也好，交接原稿也罢，都能和她一起。

等热海回过神来，他发现自己已经蹦蹦跳跳的了。

2

梦寐以求的时刻降临得比热海期待的早得多。

与川原美奈见面两天后，电话响起。拿起一听，听筒那边传来一个略带鼻音的女声："请问是热海老师府上吗？"

不会吧，热海一边想一边回答："正是。"

"抱歉，打扰您工作了。我是前几天向您打过招呼的炙英社书籍出版部的川原。"

心脏猛地一下收缩，脸瞬间变得滚烫滚烫。"哦。"他竭力让声音听起来沉着冷静，"上次承蒙关照。"

"您百忙之中还特意抽出时间来，非常感谢。请问，您现在方便吗？"

"嗯，当然。"话一出口，热海后悔不迭，"当然"两字纯属多余。

"是这样的，跟领导商量过之后，决定此次由我来负责这本书的装帧，所以我想和老师碰个头。尽管前几天刚占用了您的宝贵时间，非常过意不去……"

"啊，原来是这么回事。"

虽回答得满不在乎，热海早已开始在心中欢呼雀跃。竟然有这等美事！

打住！心底有个声音在提醒他克制。欢欣鼓舞还为时尚早。

"那个，"热海用从容的语气问，"小堺先生也一起吗？"

"这……"美奈的声音略微有些低沉，"小堺现在被众多工作缠身，恐怕抽不出时间来。原打算暂且由我一个人去拜访您，到底还是不合适吗？”

太棒了！这次心中彻底汹涌澎湃。热海握着话筒踏起了舞步。

“啊，是吗？小堺先生那么忙呀。”但他强装出平静。

“您看怎么好？要是希望小堺一起，我想办法调整下时间。”

“不必了！”热海说。声音不由自主地提高了八度。“假如是那样，小堺先生不来也没关系。而且我也不想强人所难。”

“非常感谢。那您什么时间方便呢？”

“没关系，我什么时间都方便。”其实他想说，今天就方便。

美奈似乎有点犹豫，最终提议两天后。还要这么久啊，热海有些沮丧。谁知她又说：“还是再晚点比较好呢？”

“不用了，就这样吧。”

定下会面的地点和时间后，热海挂断电话，使劲挥了下拳头。

等待的两天中，热海完全冷静不下来。由于无法专心工作，他干脆来到街上，买了新衣服，还生平头一次进了美容院。以前理发他都是去熟悉的理发店。

到了那天，热海比约定的时间提前很久就出了门。到达碰面的地点附近时，离约定的时间还有三十分钟。他决定在书店打发时间，可即便想站着读也无法集中注意力。他频频确认时间，但总感觉时间比平时过得慢很多。

终于，离约定的时间还有十分钟了。热海迈出书店，走向咖啡馆。走到咖啡馆前，他又停了下来。他再次确认时间，离约定的时间还有两分钟。

怎么办呀？他在心中默念。川原美奈说不定还没有来。自己要是先到，搞得像多紧张似的。不对，实际上就是很紧张，但不能让她看出来。

再等一会儿吧，他心想，然后决定在附近转一圈再回来。这么想着往后一转身，恰巧看到川原美奈从对面走了过来。

她一边看手表，一边快步走向这边。热海定在原地。

美奈不经意地望向他，视线本已移开，但很快又折了回来，脸上浮现出惊讶的表情。

“老师！”她喊了一声跑过来，“对不起，刚才没认出来。您焕然一新了啊。”美奈看了看热海的头发，又飞快地扫视了一下他的服装，最后注视着他的脸。

热海摸了摸头。“想换换心情而已，很奇怪吗？”

“没——有——”她使劲摇了摇头，“非常帅气！很适合您。”

“是吗？那太好了。”

“不过，老师，您这是打算去哪儿呀？咖啡馆就在那边呢。”

“哎？啊……我知道。我瞧见你了，所以过来等你。”

“这样啊，那太感谢了。”身着藏青色套装的美奈深深地低头致谢。

真是个好姑娘啊——热海圭介感到胸口热了起来。

这一热度，直到进入咖啡馆以后也丝毫没有降下来，反倒一路升了上去。

“老师这次的作品，小堺认为比起插画，用照片效果更好。但是我觉得，用一点插画的那种朴素设计也不错。您意下如何？”美奈微微皱着眉头说。这种略带烦恼的表情也非常可爱。

热海窥视着周围人们的表情，尤其在意男人的反应。他们不可能没注意到美奈。目睹她的美貌，他们肯定会嫉妒与之在一起的男人，也就是热海。

旁人会怎么想呢？热海今天身穿休闲装，估计不会被当成在商量工作上的事。如此一来，看上去就像恋人在约会喽——

“您觉得怎么样？”美奈的询问打断了热海的胡思乱想，“还是使用照片比较保险吗？”

“不是，怎么说呢。”热海舔了舔嘴唇，“我觉得不能做没有争议的事。既然你说插画好，我也支持你的意见。交给你了！”

美奈的脸一下子光芒四射。“我可以决定吗？”

“当然啦。”热海说，“毕竟你是我的责任编辑嘛。”

“非常感谢。”美奈说完，热海再看她的脸，吓了一大跳。她眼里噙满泪水，几乎要夺眶而出。“老师，我很早就想担任您的责任编辑了。听说小堺要将几位老师转到我这里时，我就在心里祈祷能将热海老师您分给我。要是没分到我这儿，我甚至曾想过自己主动去请求。我会努力工作的，一定会把它做成一本好书。”

这番告白令热海深受冲击，摇撼着他的心。他拼命抑制住当场将美奈紧紧抱在怀里的冲动。

内心的震撼在热海回家之后依然没有平复。美奈真挚的表情深深地铭刻在了他的脑海里，挥之不去。而一封邮件的到来，更令热海心旌摇曳。登入电子邮箱查看邮件时，他看到了美奈发来的这番话：

热海圭介老师：

感谢您今天与我度过了一段美好的时光。

真是恍若梦境。

我至今仍在细细回味能与仰慕的老师一起工作的喜悦。

尽管是个新手，但我一定会努力做出好书来。

请您务必多多支持。

川原美奈

热海在睡觉之前，将这封邮件反反复复读了不下三十遍。

3

每天变得快乐无比。热海从未像现在这样强烈地感受到活着的乐趣。连《击铁之诗》获得新人奖的时候，他也没有如此欢欣鼓舞。

毫不夸张地说，热海圭介抵达了幸福的顶峰。

“现在来谈谈封面，我试着设计了几种方案，觉得好像还是用粗体比较好。”川原美奈在桌子上摆开几张 A4 打印纸。这是接下来要出的书的封面设计方案。几种方案虽然全都以蝴蝶刀的插画为背景，也都写有“独狼之旅”这几个字,字体和位置安排上却有细微的差别。

这次商议依然在此前会面的咖啡馆进行。今天美奈身着灰色套装，金色的耳环搭配得恰到好处。

“您觉得怎么样？”美奈抬起头来。

“啊，这个……”热海此前一直呆呆凝视她低着头的模样，这会儿慌了手脚，差点把咖啡洒出来，“嗯，是啊。好像是粗体的好些。”

“那这三种，哪种好呢？”美奈选出三张打印纸。

这三种方案上分别标了 A、B、C 的记号。老实说，热海觉得哪个都可以，但他还是含含糊糊地回答：“嗯……B 吧。”

美奈闻言将双手交叉于胸前。

“是吧，其实我也觉得 B 好呢。”

“啊，是吗？”

“好——棒。竟然和老师的喜好一致！”说话间美奈已分开十指，轻轻拍起手来。

热海拼命装得泰然自若,但心里早想手舞足蹈。魂魄已溜出身体,轻飘飘地浮在空中。

“呃,我说啊,川原小姐,”他小心翼翼地开口道,“那个,能不能别叫我老师了?”

“啊……”美奈一下子恢复严肃的表情,伸手按住嘴角,“不可以吗?”

“不,不是不可以,只是我有点不好意思。我还没到‘老师’的地位,况且别的编辑也不那么叫我。”

“那怎样称呼您好呢?”

“怎么叫都行,除了老师。”

“那……”美奈皱着眉头思索片刻,“热海圭介先生?是不是太长了点儿?热海先生?圭介先生?嗯……这么叫显得过于亲密了吧?”

热海大吃一惊,他做梦都没想到会被像最后那样称呼。

“还是称您热海先生吧,可以吗?”

“啊,嗯,可以啊。”

其实,热海希望美奈称他“圭介先生”,但到底没能说出口。

“那么,热海先生,我们就按这个B方案进行了。”说完,美奈用双手捂住嘴,“啊,单单是换了种叫法,就不由得感觉和老师……不,是和热海先生的关系亲近了。”

“啊,是吗?那太好了。”

“今后,我想更深入地了解热海先生您,请多多关照。”美奈恭恭敬敬地低下头。

“呀,哪里哪里。对了,川原小姐。”

“是。”她大大的眼睛笔直地望向这边。

热海舔了舔嘴唇。

“那个……你待会儿有没有什么安排？如果没有的话，我们一起吃顿饭怎么样？呃，也需要和你商量商量下一部作品。”

“这……”她瞪大了眼睛，“可以听听您下一部作品的情况吗？”

“嗯。尽管还不是那么具体，只是感觉或许可行，有些模模糊糊的印象。”实际上热海根本没什么灵感，不过随口一说。

“真棒！”美奈将双手交叉于胸前，“啊——但是好可惜呀，今天还得去别的老师那儿。”

“哦，是吗？那就没办法了。呃，也没什么，反正也不着急。”热海掩饰住沮丧万分的心情，竭力装出满不在乎的口吻。

“真是太遗憾了。下次请一定让我听听您的高见。”

“嗯，没问题。”热海回给美奈一个略显僵硬的笑容。

4

从热海邀请美奈之日算起过去整整两周了。在此期间，两人没再见面，只通过几次电话，发过几封邮件。沟通的内容几乎都与即将出版的《独狼之旅》有关。美奈对印在腰封上的广告语提出了建议，热海对此陈述了自己的想法。很可惜，这不是值得专门会面商量的事。美奈似乎也有意不给热海添麻烦。发邮件也好打电话也罢，都传递出这样的迹象。

热海闷闷不乐地过了一天又一天。不管做什么事，满脑子都是川原美奈的倩影，挥之不去。即便是出于工作的目的坐到电脑前，热海首先做的总是查看电子邮箱。确认她没有发来只言片语后，热海便失魂落魄，而后绞尽脑汁地想有没有什么由头可以让自己写邮件给她。虽然最好的无外乎写“下一部作品构思好了，今晚一起吃饭怎么样”，但遗憾的是，关键的点子根本没冒出来。真要是发邮件把她约出来，拿不出名副其实的东西可不行。需要写一部让她欣喜万分的杰作。于是，热海抱着与她见面的渴望挖空心思地想啊想，可一点灵感都没有。越是告诉自己必须想出来就越是焦灼难耐，终究一无所获。

话说回来——

川原美奈是怎样看待自己的呢？热海圭介想。他感觉，美奈凝视自己的目光里，有超越作家与责编这层关系以上的东西。而且，她说早就想担任热海的责编了，还在邮件中写到与他共度的时光“恍若梦境”，称他为“仰慕的老师”。

热海尽量不去想入非非，但他还是认为美奈对自己有好感确定无疑。就连她受邀一起吃饭的时候，也打心底为已有其他安排而感到可惜。无论如何都想象不出，那是为了讨好作家而演的戏。最重要的是，她没有演戏的理由。出道几年了，热海也知道自己的处境——他的书还没热卖到需要美奈靠演戏来争取稿子的地步。

下次见面，直截了当地问问她对自己的感觉吧。不行，让女方表明心意估计她会不好意思，还是由自己表白更合适。可是该如何开口呢——热海心乱如麻，工作自然毫无进展。

就在这样的煎熬中，与美奈见面的机会降临了。炙英社主办的文学奖晚宴即将召开，作为炙英社员工的美奈肯定会到现场帮忙。

举行宴会的日子到了。会场在日比谷某高级酒店的宴会厅。

热海郑重地穿上仅有的一套高级西装，英姿飒爽地赶了过去。

会场前设了服务台。热海已经参加过几次，所以熟悉流程。出示邀请函，登记名字，这一安排是为防止无关人员混入。

美奈正是接待人员之一。不用说，热海朝美奈走了过去。“你好。”他打招呼道。

美奈的表情顿时一亮。“热海先生，非常感谢您今天专程赶来。”

“我也是想过来露个面。川原小姐，你会一直在这里吗？”

“不，待会儿我也想到会场里去。”

“是吗，别忘了我在右边靠里的位置。”

“好的，那我回头过去。”

“嗯。我等你。”

热海说完迅速转身，朝会场入口走去。就在这时，身后传来一个亲热的男声：“喂，小美奈！”

小、小、小美奈——热海回过头去。

一个高高瘦瘦的年轻男人对着美奈满脸笑容。“真罕见啊。你今天竟然穿了裙子！”

“哎，不可以吗？”

“没有的事儿，我只是觉得稀罕。很适合你。”

“谢谢。”

“那待会儿再见喽。”男人在名册上写下名字，走进会场，俨然把热海当成了空气。

这个男人——

热海熟悉得很。他是热海获新人奖后第二年的得奖者，笔名十分好笑，叫“唐伞忏悔”。获奖作品为《虚无僧侦探早非》，在热海看来，根本不是踏踏实实写出来的好货色。但谁知这种烂作竟然非常走俏。眼见评论家们交口称赞，热海混乱了，因为他完全无法理解这部作品好在何处。

抓耳挠腮之后，热海得出结论，这完全是同行合伙搞出来的把戏。为打破出版业萎靡不振的现状，整个出版界决定合力推出一颗新星。为什么选中唐伞不得而知，总之就是把他的作品夸得天花乱坠，给世人灌输才华盖世的作家横空出世的印象。

热海一面觉得荒唐可笑，一面又懊恼为什么选中的不是自己，妒火中烧也是不争的事实。

那个男人竟然也由川原美奈负责——原本就不喜欢唐伞，这下更加厌恶。而且，还敢叫“小美奈”？！简直不可饶恕！

会场里人潮涌动。热海像跟美奈说的那样，站在右侧靠里的桌子边。不久颁奖仪式开始，相关人员的致辞拖沓冗长。众人齐喊干杯之后，终于到了随意畅谈的时间。

热海一点一点地喝着啤酒。因为是立食宴会，桌上摆满各式菜肴，可热海担心冒冒失失地离开会令美奈找不到自己，便守在原地寸步不离。

然而漫不经心地将视线投向远方，美奈的身影映入眼帘。岂有此理，她竟然正跟唐伞聊得不亦乐乎！

热海放下酒杯，拨开人群走过去。唐伞的身边还有几个编辑，但他的眼里似乎只有美奈一个。热海凭直觉认定，那双眼充满色眯眯的光。显而易见，他想将美奈据为己有。

真是不知天高地厚！

终于，热海好不容易走到了他们所在的桌子前。美奈依然在和唐伞说话，热海从她背后凑上前去。

唐伞的视线移到热海这边，“啊”地张开了嘴巴。“您好，好久不见。”唐伞招呼道。两人在他的颁奖仪式上见过，看来他还记得。

“好久不见。”热海略微挺了挺胸膛，大大方方地回应。即便就差一年，我也是前辈。

美奈回过头来。“啊，热海先生。”她在胸前双手合十，“您二位认识呀？”

“嗯，有过一面之缘。”热海回答。

“小美奈，你是热海先生的责任编辑吗？”唐伞问。

“对，是的。”

“她说她是我的书迷。”热海目不转睛地看了美奈一会儿，才将目光缓缓地移向后辈作家。

“哦。”唐伞面无表情地回答。但在热海看来，那双眼睛逐渐流露出嫉妒之色。“比如，哪部作品呢？”唐伞问美奈。

“当然是《击铁之诗》喽。”美奈双手握在一起，“戏剧性的情节之下，隐藏着许多深不可测的信息，既幽默，又不乏感人至深的场景。我觉得这是一部十分优秀的作品。”

“哦，原来如此。”唐伞露出扫兴的神态。听到自己钟情的女人赞许其他男人的小说，当然不可能愉快。

“这次我们社要出的新书也是部杰作哦，书名是‘独狼之旅’。”美奈进一步补充道。

“啊。”唐伞毫不起劲地点点头，“那部作品，我偶然从小堺先生那儿听过，他说是新写的。”

“没错，是正统的硬汉派小说。到时候也送唐伞先生您一本，请务必让我听听您的读后感。”

唐伞表情复杂地点点头，对热海说：“一定拜读。”

“算了，不必勉强。”热海脸上浮现出从容的苦笑，“对了，川原小姐，我想和你商量下新作品的事。咱们能不能找个稍微安静的地方谈？”

“哦，好的。那唐伞先生，回头再联系您。”

“嗯。”唐伞回答，脸上元气尽失。

活该！热海在心底暗骂，从现在川原美奈的态度上，看出自己没有胜算了吧。

热海打算在宴会结束后把美奈约到别的地方去。他下定决心，等只有他们两个人时，他要表明心意。到时候看情况，求婚也不是没有可能……

5

正要走出宴会厅，身后有人叫了声“小堺先生”。小堺肇站住，回头看去。只见年轻作家唐伞忏悔快步走了过来。

“有什么事吗？”小堺问。

“能占用您一点时间吗？有件重要的事。”

“哦，好的。”

小堺稍微有些紧张，因为唐伞看上去非常严肃。

出了宴会厅，他们来到一个人少且有沙发的地方，面对面坐了下来。

“其实，我有个请求。”唐伞带着苦恼的表情说。

“您指的是……”

“和川原小姐有关。”

“嗯，您说。”小堺挺直脊背。唐伞要说什么，他已经心中有数。

“不好意思，能不能帮我换其他人做责任编辑？”

“啊……”小堺叹了口气，果然不出所料，“她做了什么让您不愉快的事吗？”

唐伞摇了摇头。“她什么也没做。见面就是一个劲儿地夸我和我的作品。”

“不可以吗？”

唐伞发出低吟声。“问她对我的作品有什么感想，说实话，一点参考价值都没有。张口闭口都是‘感动至极’、‘非常棒’、‘杰作’之类；问她什么地方格外突出，她总是回答哪里都好；问她我迄今为止的所有作品中哪部最好，她说难分优劣。”

“这说不定是因为她果真那么认为呢。唐伞先生您的作品，我也全都读过，确实部部都属上乘之作。川原刚调到书籍出版部没多久，表达得不是那么恰当而已。”

“不，”唐伞歪着头说，“我不觉得是那样。”

“何出此言？”

“因为，”唐伞环顾下四周，压低声音继续道，“刚才，她夸赞热海先生的作品了。而且，是《击铁之诗》。”

“怎么夸奖的？”小堺也不由自主地压低了声音。他有点害怕听到答案了。

“‘戏剧性的情节之下，隐藏着许多深不可测的信息，既幽默，又不乏感人至深的场景。我觉得这是一部十分优秀的作品。’她是这么说的。”

“川原吗？”

“是啊。”

“说《击铁之诗》？”

“没错。”

“不是开玩笑？”

“她在作者本人面前这么说的。”

小堺抱起胳膊，脑袋开始隐隐作痛。

“‘戏剧性的情节之下，隐藏着许多深不可测的信息，既幽默，又不乏感人至深的场景。我觉得这是一部十分优秀的作品。’”唐伞再次重复了一遍同样的内容，“她读完我的新作之后，感想和这丝毫不差。”

或许是这样。小堺想。他曾数次听说，川原对别的作家也说过一模一样的话。

“不同的作品内容不同暂且不提，我的作品是本格推理，《击铁之诗》属于硬汉派。这种情况下感想还一字不差，岂不是很可笑？”

“您说得没错。”

“另外，就热海先生的新作，她宣称是杰作呢，而且是正统的硬汉派作品。记得小堺先生您说过，把那部作品当作搞笑小说的话，还勉强可算作商品。”

小堺用拳头敲着额头。“真拿她没辙啊。”

“她究竟是何方神圣？有认真做书的干劲吗？”

“当然，我想干劲是有的。只不过，她拼命想做好的心情以不同的形式表现了出来……”

“此话怎讲？”

“实际上她之前在娱乐杂志那边。”小堺解释道，“可能天天面对艺人，不知不觉就形成了见谁都夸个不停的习惯。”

“呃……”唐伞目瞪口呆。

“而且，听说她多担任偶像的责任编辑，个人情绪难免也会加进去。”

“确实是那么回事。”唐伞似乎赞同小堺的观点，使劲点了点头，

“但不管怎么说，让那种人做责任编辑，总感觉写不出好东西来。尤其是我处于刚起步阶段，需要编辑对作品直言不讳地评价。”

唐伞所言一针见血，特别是对年轻作家来说非常关键。

“知道了。那我跟领导汇报下，把她调回来。我做您的责任编辑没问题吧？”

“那就麻烦您了。忍不住提了这么任性的要求，我心里很过意不去。”

“不，谢谢您能对我直截了当地说出来。其实，好几位老师都跟我抱怨过类似的情况。说和她聊，总感觉不对劲……”

“果然。”唐伞仿佛心领神会，“这么说可能有点不恰当，但我想，没有作家会真正接受她说的那些话。当然，倒不是觉得她是个坏人。她对谁都和蔼可亲，或许娱乐杂志比较适合她。”

“是啊。但是因为个人原因，调到了这边。”

“听说她之前和丈夫在同一个部门。”

“您听说了呀？没错。有规定，两人结为夫妻后不能在一个部门。总而言之，唐伞先生您以后由我来负责，请您不用担心。”

“那就拜托了。”说完唐伞起身离去。目送着他的背影，小堺掏出了手机。他要通知川原美奈替换责任编辑的事。

对了，她现在在哪里做什么呢——小堺一边漫不经心地想着，一边按下了电话号码。

最终入围名单

1

听到营业部长说有话跟他说的时候，石桥坚一稍微有点，不，是有种非常强烈的不祥的预感。并且，不是叫他去部长座位那儿，而是去小会议室，这也让他十分在意。

进房间一看，等着他的不仅有营业部长，一张圆脸上总是挂着假惺惺的和蔼笑容的人事科长也在。

开始谈正事的是人事科长。他说要组建新部门，希望由石桥担任负责人。听完关于部门的说明之后，石桥的心情跌至谷底。被冠以“总务部数据库后援科”这个煞有介事的名称，其实简单来说就是只负责管理旧资料的部门，正儿八经的工作恐怕一样都没有。“眼下只有你一个人，但计划不久之后就给你配几名科员。”尽管人事科长嘴上这么说，但看样子肯定是没影的事情。

“把你调过去，我也很为难哪。可架不住总务部苦苦央求，我也只能答应下来。”平时一副狰狞女鬼模样的营业部长，这会儿像戴着面具一样毫无表情，“好了，这对你来说也是一次很好的锻炼，不是吗？”

说得好听！石桥在心中暗暗咒骂。这种毫无道理的人事调动，营业部长不可能没掺和。这个从外面调进来的新任部长，恨不能把自己厌恶至极的前任部长一手提拔起来的部下统统扫除干净。而且，公司层面说不定也希望石桥主动提出辞职。这也是人员调整的一个环节。

“你能接受吧？”人事科长冷笑着问，脸上清楚地写着：要是拒绝就递交辞呈吧！

“明白了。”石桥回答。他四十六岁了，有老婆有孩子，公寓还有将近二十年的贷款没还清。辞职是不可能的。

谈话过去一个月之后，石桥被调到了新的工作岗位，座位在总务部所在楼层的最边上。令他吃惊的是，后面就是吸烟室。虽然隔了亚克力板，但开门关门的时候还是会有烟飘出来。而最让他难受的，是感觉自己似乎始终在吸烟室那些人的监视之下。干起活儿来或许就不在意了，可问题是他每天都在苦恼今天究竟做什么打发时间。他只好盯着旧资料，装出一副在工作的样子。众目睽睽之下，当然不能看与工作无关的书或是上网。

一周过后，石桥开始考虑换工作了。虽然他不甘心遂了公司的愿，但一想到如今的状况还要持续好几年，他无论如何也忍不下去。

说归说，换工作并非易事。要是具备什么有相当稀缺价值的本事和技能则另当别论，可石桥一样也没有。下班后他顺便去了趟书店，看了半天相关书刊，却没发现任何有参考价值的东西。提供跳槽信息的杂志根本没用。四十六岁这个年纪，一切都出局了。

不经意间，他走到了小说柜台前。说起来，他最近都没看过小说。他以前非常喜欢推理小说，年轻的时候还写过。

柜台上平铺展示着许多书，一看都是推理小说领域具有代表性的“敲门砖”——灸英新人奖的获奖作品。石桥还知道，获奖者名叫唐伞忏悔，据说现在是推理界最受期待的新锐作家。

回过神来时，石桥已经买下了那本书，干脆在回家的地铁上读起来。按说作者只是个业余爱好者，文笔却相当不错。石桥不知不觉就读得入了迷。

回到家吃过晚饭后，他又接着读起来。

“真少见啊。这是怎么了？”妻子问。

“嗯……”他只含糊应道。换岗的事，他还没有对妻子说。

睡觉前终于读完了。石桥坐在起居室的沙发上，目光茫然。他并未被故事打动，而是意识到，获奖作品并没自己想象的那么高深。

占据他内心的，是书最后一页上的内容。

那是新人奖的征文要点。

2

说到底关键是主人公的职业如何设定，石桥思索着。

根据在网上查找的结果，主人公若从事特殊职业，会在这个奖项的评选中占优势。如果适度罗列那个职业的相关知识，再加入社会问题描写杀人事件，离获奖就只有一步之遥了。

说到社会问题，老人护理问题浮现在他脑海中，由此他联想到护理员这个职业。主人公设为护理员吗？不，还是再琢磨琢磨吧……

石桥坐在位子上浮想联翩。从决定应征推理新人奖那天起，推敲小说的构思就成了他在公司的主业。尽管与正常的业务毫无关系，但他脑子里想什么，别人又不知道。冒出好点子来，他就悄悄地记下。

“你真了不起啊，石桥先生。还从没见过有人像你那样认真盯着旧专利信息索引看的呢。”从吸烟室走出来的男人带着令人厌恶的笑容挖苦道。他十有八九在吸烟室里也跟别人合起伙来说石桥的坏话，譬如“让人欺负成那样，还死赖在公司干什么”。

石桥丝毫没露出不快，反而和颜悦色地说：“我要努力适应新工作啊。”对方惊讶地缩了缩肩膀，什么也没说就走了。“等着瞧吧！”石桥冲着他的背影咕哝道。

一回到家，石桥就把自己关在卧室里，因为那里放着夫妻二人合用的书桌。搬进这栋公寓来的时候，石桥其实很想要一个书房，但实在没有多余的地方，妥协的结果就成了现在这样：书桌上放着镜子，抽屉里挨挨挤挤地塞满了化妆品，但总比没有书桌强。

他参照着笔记，把上班时想到的东西输入电脑，再以此为基础，进一步构思故事情节。他决定等所有框架都搭建好以后再开始写小说。听说职业作家当中有人不考虑后文就直接下笔，但外行这么干不可能行得通。

迄今为止，石桥在公司的工作也是如此。除非能确保万无一失，否则决不轻举妄动。他的基本原则就是重视先例。发起革新挑战而失败的人他都不记得见过多少了，这个社会整体上还是由减分主义主导的。小说恐怕也一样，最后的最后必定还是受到别人吹毛求疵。

“你最近怎么了？每天都带工作回来，在公司干完不好吗？”吃晚饭的时候，妻子发牢骚。

“公司为节约经费，禁止管理人员加班。没办法呀。”

“哦。不景气还那么忙。”

“你真是什么都不懂，正因为不景气才忙呢。”石桥胡乱编造了一通莫名其妙的歪理搪塞过去。

就这样过了两个月，小说的框架终于搭建完成。从整体结构到细节的展开，石桥又彻底推敲了一番。至于登场人物，他也注意把个性设定得不重合，每个行动都没有不自然之处，彻底排除牵强的情节，追求真实感。他估算了一下，单是把故事梗概按照原稿用纸换算过来就足有一百页。

接下来就剩下动笔写了。石桥计算了征文截止日前的天数，在充裕的范围内定下每天的量。

每天都很快乐。石桥上班期间不再推敲小说的构思了，取而代之的是浮想联翩。他梦想着自己获奖的那一刻，重新规划着今后的人生路线。工作自然是要辞掉的，光是想象把辞呈扔到那个可恨的上司面前，他都激动万分。周围的人肯定会投来又惊讶又羡慕的目光吧。

回家之后石桥就奋笔疾书。因为框架已经搭建好了，写起来并不费劲。见他周六周日都对着电脑，妻子的脸色颇为不快。

就在征文截止前一周的周四，小说终于完成了。周六，趁着全家人都不在，石桥将稿子打印了出来。下一周的周一，他到公司附近的邮局把稿子寄给了出版社。

他祈祷着。

3

三月的一天，那个电话终于打了过来。

石桥正忙着用透明胶带修补破烂不堪的资料。这是他最近刚发现的工作，如果做得细致点，相当能打发时间。

手机上显示的是一串陌生的号码。虽然不乐意，但闲着也是闲着，他还是接了。“喂。”

“啊，喂喂，请问是石桥坚一先生吗？”听上去是一个没有印象的男声，语气很轻。

“是的。”

“不好意思突然打电话给您。我是灸英社书籍出版部的小堺，请多多关照。”

“啊？”对方语速太快，所说的内容有一半他都没反应过来，“那个，不好意思，请您再说一遍。”

“抱歉。灸英社，出版社，您明白了吗？”

“啊……”石桥终于在脑子里转换过来，与此同时，他心里咯噔一下——就是主办灸英新人奖的那个出版社。“是的是的，我明白了。非常抱歉。”他冒了一身冷汗。

“这次您能应征敝社的新人奖，非常感谢。”

“啊，这……”他一时不知该如何作答。

“现在您说话方便吗？”

“嗯，没关系。”

“其实呢，关于您的作品，有点事想跟您商量一下。您看咱们能不能在哪儿见个面？您是住在东京吧，您指定个地方，我去哪儿都行。”

“您说商量……指的是什么内容？”难道应征的稿件有什么不完善的地方？不安在他心中弥漫开来。

“这个我想等见到您之后再详谈。可以吗？您现在估计很忙吧。”

忙个鬼！何况，听到这番话还坐得住的人不可能有吧。

听到他说今天就没问题时，对方立刻爽快地回答：“那真是太好了。”两人商定，下午六点在离石桥家最近的车站内的咖啡馆碰面。

在约好的地点等候他的，是一名瘦削的小个子男人。这人身材单薄，缺乏存在感，不是石桥想象中精力旺盛的人物，这让他有些意外。男子再次自报家门，称姓小堺。

“您的作品，我已经拜读了。”两人一番寒暄并点了咖啡以后，小堺恭恭敬敬地低头说道，“虽然描写的是本格推理中的杀人事件，但涉及护理问题和汇款诈骗，文风给人感觉滴水不漏。预选评委的评价也相当好，这话不能大声张扬……”他快速地环顾四周后继续说，“您的作品极有可能入围最终名单。”

“哎？”石桥禁不住挺直后背，“真的吗？”

小堺轻轻地点了点头。“正式决定要等一个月之后，但我想应该错不了。”

石桥一时高兴得说不出话来。这不是在做梦吧？他在桌子下悄悄掐了一把大腿，很疼。

“现在说说要跟您商量的事。”小堺探出身子，“是有关标题的。”

“有什么问题吗？”

“不，倒算不上问题。”小堺舔了舔嘴唇，“现在的标题叫‘护理问题杀人事件’，无论如何都感觉不太合适。”

“不可以吗？”

小堺“嗯”地呻吟了一声。

“可以说太直白了，或者毫无新意……在标题中出现‘杀人事件’这几个字，放在二十年前还说得过去，现在已经没什么吸引力了。考虑到可能会获奖，我建议您现在就改了比较好。要是跟报纸发表和图书出版的时候用不一样的标题，读者会弄混的。”

听着这番话，石桥的身体热了起来。从小堺的口吻推测，他明显觉得石桥的作品获奖概率很高。如果不是这样，他也没必要专程跑来见面。

“您意下如何？不着急，可以慢慢考虑。”小堺盯着石桥的脸说。

“好吧，我这就考虑。我会想一个好标题出来。”石桥点了好几下头，说道。

4

事实证明小堺所言不假。和他见面之后大概过了一个月，石桥收到了灸英社寄来的快递。信封中装的，正是入围新人奖的通知。信送来的时候是周六中午，幸好只有石桥一个人在家，没惊动妻子和孩子。

石桥反反复复地把上面的内容读了好几遍——“您应征的《谜一般的护理员》入围第五届灸英新人奖决选名单，特此通知”。

石桥兴奋得简直想跳起来。虽然小堺早就那么说了，可他一直惴惴不安，担心事情不会进展得那么顺利。

“干吗呀，一直在那儿傻笑。吓死人啦。”吃晚饭的时候，妻子皱着眉头说，“有什么好事？”

“没，没什么。想起了白天看的电视。”

“什么啊。你还真清闲。没想别的？”

这种瞧不起人的口气让他窝火。不久你就会明白，到时候让你知道我的厉害！这么一想，他什么都原谅了。

在公司的时候也一样。近来其他部门年纪比他小的人也越来越常使唤他干杂活了，但他都痛快地应承了下来。

哼，走着瞧吧！石桥一边整理仓库一边在心中暗骂。一旦获奖，我立刻从这种公司拍屁股走人。等我成了畅销作家赚得盆满钵满，绝对让你们这些家伙刮目相看。

然而，这种自我陶醉不过维持了两三天。冷静下来后，对可能落选的担忧常常占据他的心头，除此以外什么也思考不了。

石桥重新读了一遍过去的获奖作品，浏览了所有的评语。什么样的作品会获奖，什么样的作品会落选？与以往的获奖作品相比，自己的作品如何，是相形见绌还是足以匹敌？

思前想后就是找不到答案。于是石桥决定干脆不想了，可不知不觉间，脑子里又被这些想法塞得满满当当。

赋予他新观念的，是某位著名作家的人物简介中赫然写道：“以入围某新人奖决选名单为契机，踏上了作家之路。”

恍然大悟形容的正是此刻石桥的感受。没错，获奖不是出道的必要条件。想想看，没斩获新人奖而成为作家的人并不在少数。

问题在于，石桥的作品有没有达到那种水平？而且，这样出道会冒多大的风险？

关于这些，不听听专业人士的意见肯定是不行的。网上有的帖子写了那方面的内容，但个个都是无根无据的空谈，不足为凭。

烦来烦去，最终石桥决定联系小堺。上次见面的时候，他拿到了名片。

很快就联系上了。当听说有事情要跟他商量的时候，小堺似乎有些意外，但还是回答：“好的，那我调整下日程安排。”

他们约好当天晚上见面。地点还是上次那个咖啡馆。

碰面后草草寒暄两句，石桥便问：“怎么样了？”

小堺一脸莫名其妙。“您指什么？”

“就是……”石桥欲言又止。

似乎猜透了他的心思，小堺脸上露出苦笑。“您要是问评选的进展，我只能回答一无所知。现在诸位评委正忙着阅读稿件，即便有哪位读完了，不到评选当天也不会发表意见。”

回答在预料之中。“果然是那样啊。”

“我非常理解您想尽早知道结果的心情，但这段时间请再忍耐一下。”

“嗯，这个我明白。只是，我想跟您商量的是别的事。”

“什么事？”

“其实……”石桥开始说正事。如果获奖自不必说，即便不获奖，自己也想踏上作家之路，凭借这部作品到底有没有可能——归纳下他的话，基本是这个意思。

小堺点了点头，却露出为难之色。“现在不是考虑这个问题的时候。等评选结束再作打算不好吗？”

“嗯……您说得没错。但我想即便落选，要是有成为作家的可能，就还可抱有一线希望……对不起。”石桥缩着脖子低下头。

小堺看上去有点为难，不过沉默片刻后表情又缓和过来。“就像刚才说的，依我的想法，现在还没到考虑这种问题的阶段。如果单单陈述事实，没获奖却出版的情况，此前也有过好几次，所以可能性也不是零。”

“是吗？”石桥有种视野突然被打开的感觉。

“只是……”小堺的声音十分冷静，“考虑以那样的形式踏上作家之路是非常危险的。以前确实有以此为契机成为畅销作家的，但我敢断言，现在不能去期待那种事。近来连获奖作品都印不了多少部，更别说落选作品了，到那个印量的十分之一都勉强。而且又没法宣传，因此吸引不了读者的眼球，成不了话题。所以，请不要考虑那种事了。落选了就再次挑战，拜托您拿出这样的态度来吧。”

小堺的话可谓句句发自肺腑。

“真的那么严峻吗？不获奖就一点希望都没有？”

“很遗憾，但这是现实。”

“是吗……”看来，即便落选也能出道的想法太天真了。石桥再次认识到这条路的险恶。

“您还有什么想问的吗？”

石桥略一犹豫后开了口。“其实，还有一件事想跟您确认。呃，虽然猜到您可能又会说等获奖之后再考虑……”

“什么事？”

“很早以前我就想知道，获得新人奖出道的作家，之后的生活能得到什么程度的保障？”

“保障？”小堺的脸上浮现出困惑的表情，“您指的是……”

“比如获得灸英新人奖之后，会接到多少工作？是不是每年最少会接到一部长篇、两部短篇的约稿之类？还有，我想知道书出版的话最低印数是多少，版税有多少。另外，还想请教下健康保险和养老金的情况。”

5

“怎么了？脸色好像很差呢。”石桥一回到家，妻子便说。

“没什么。”石桥说着走向卧室，脱掉上衣躺到了床上。

他回想起大约一个小时前跟小堺的对话。对石桥关于保障的问题，小堺的回答简洁明了。

“那些一样都没有。”他回答，“我们这边能保证的，就是出版获奖作品，仅此而已。如果那部作品受到关注，也许会有其他出版社来约稿，或由敝社委托执笔，我想这种情况也是有的。但除此以外，没有任何保障。”

这么说来，出道是没问题，但也可能完全接不到工作，是这样吗？小堺回答“是”。

“只出一部获奖作品就销声匿迹，这种情况并不罕见。都没留在别人的记忆中，当然不可能突出。出道不久就约稿不断的少之又少，我们这边也就是唐伞忏悔了。”

可是，以获奖为契机辞去工作成为职业作家的人不是也很多吗？

“那是赌博。”他刚这么一说，小堺就反驳道。“无论怎么说，脚踩两条船的确很辛苦，我也理解您想一决胜负的心情，但还是太冒险了。在公司上班，同时几年一次出于兴趣出一本书不是挺好吗？”小堺的口吻近似安慰，他好像看穿了石桥一旦获奖就打算辞职的想法。

如果的确是那种毫无保障的世界，纵身跳入其中可能太鲁莽了。靠着奖金和处女作的版税或许可以撑一阵子，但要是没有工作，很快就会坐吃山空。

小堺说最好一边工作一边写作，但事实上根本不可能。石桥的公司禁止赚外快，景气的时候这条规定执行得还不严格，对员工参与公司外部的音乐活动等也是睁一只眼闭一只眼，但如今不景气，待遇就完全不同了，公司正巴不得找这样那样的理由裁人呢。所以，石桥这次应征用的是笔名。光是让公司知道应征这件事，他就得吃不了兜着走。然而，假如正式出道，早晚有一天会被公司发现，到时候毫无疑问会被解雇。

怎么办才好呢？就算获奖，也应该放弃当作家的梦想吗？

这时传来妻子的呼唤声，好像要吃饭了。石桥慢吞吞地站起来。

坐到饭桌边，却依然没有一丝食欲。

“发什么呆呢？不吃吗？”妻子一脸狐疑。

“吃。”他说着拿起筷子，把饭菜送入口中，却吃不出味道。

他思忖着，要不要向妻子坦承自己想当作家呢？如果告诉她，自己的作品入围了新人奖的决选名单，大概不会被认为是痴人说梦吧。说不定妻子还会从背后推他一把：“要是有想做的事，就去试试吧！”

“其实……”石桥好不容易开了口，但电视的声音太大，妻子好像没听见他说的话。无论妻子还是上初中的女儿，都正一边吃饭一边紧盯着电视。

出现在画面上的是一个在做拉面的男人的身影。他做完面，尝了尝味道，歪着头。

“啊，好惨哪！”妻子皱起眉头。

“怎么了？这家拉面店怎么了？”石桥问。

“这不是家普普通通的拉面店。据说这个人以前是银行职员，但无论如何都想开拉面店，就辞掉了工作。可开店以后没一个客人光顾，于是他向形形色色的人征求意见，进行各种尝试。可你看，果然还是不行啊。”妻子皱着眉头，嘴角却浮现出幸灾乐祸的微笑。

“真是个傻瓜！继续做银行职员不好吗？”女儿也说，“拉面店遍地都是，哪儿开得那么容易啊。”

“可有的人就是意识不到，爱随便胡来。这种人在，只会给周围添麻烦。尤其是他妻子，太可怜了。同情啊。”或许由于事不关己，妻子的口气很轻快。

这怎么行！石桥低下头。开家拉面店尚且如此，要是说自己想当作家，他们会作何反应？光是想象一下都让他毛骨悚然。

6

听了总务部长的话，石桥简直怀疑自己的耳朵，一句话也说不出来。

“怎么，有什么不满吗？”总务部长板着脸抬眼看向他，“我想你应该知道，咱们公司现在处于困难时期，能节省的必须节省，你也理解吧？”

“理解倒是理解……”石桥声音嘶哑。

真是难以置信。安排给石桥的新工作竟然是负责办公室的卫生，说白了就是打扫办公室。此前都是委托给保洁人员做的，听说有董事建议让员工自己来做，以削减经费，于是，作为试点，暂时先在总务部实施。

结果弄到最后，成了石桥必须一个人打扫总务部的整个楼层，而且还必须在上班之前完成。

“如果不愿意，拒绝也没关系。”总务部长说，“不过那样就算不执行工作命令了。”

其实他想说的是“不过那样只能让你卷铺盖走人”吧。

“没有。”石桥小声回答。

回到座位，石桥大脑一片空白，什么也思考不了。当然，反正没正儿八经的工作，也不会带来什么不便。

恢复冷静以后，一个念头再次在他脑子里浮现出来。

这种公司，辞掉算了。辞职当作家。只要斩获新人奖，立刻把辞呈摔到他们脸上！这就行了，只能这样。尽管小堺那么说，可立志当作家的也没全军覆没啊，成功者也不在少数嘛，我也将是其中的一员。

今晚一定要跟妻子挑明，告诉她我想当作家——石桥下定决心后离开了公司。

然而回到家，反倒是妻子有事等着找他商量。

“今天我做了不少调查，还是觉得让孩子上英语口语培训学校比较好，但是升入高中后学费也会跟着增加。我就在琢磨怎么办。哎，你们那边有没有希望涨工资？”妻子看着家庭收支簿问。

石桥眼前一黑。还涨工资呢，马上一毛钱工资都没了——要是这么说，妻子肯定会发疯。

“哎，怎么样啊？”妻子不依不饶地追问。

“实际上，”石桥说，“从明天起我要早出勤一个小时左右。我想，应该会相应地发点额外补贴。”

“真的吗？那可是帮了大忙了。”

看到妻子闪闪发光的眼睛，石桥感到胸口一阵钝痛。

自从开始打扫办公室，石桥在公司的地位更加低下，谁都只把他当清洁工看了，甚至有人用粗鲁的口气对他喊:“厕纸用完啦！”

每次强忍怒火，一个念头都会在他心中膨胀。

啊，这种公司真想拍屁股走人!

等做了职业作家，我一定要你们这些家伙全都傻眼!

但回到家中一看到妻子和女儿的脸，他就怎么也张不开嘴了。她们相信，如今的生活会永远继续下去。她们一心以为，月月都能拿到工资，夏天冬天有奖金入账，这是雷打不动的事。

怎么说好呢？有没有办法避免她们遭受精神打击？

要不向她们展示自己的雄心壮志？他思索着。若斩钉截铁地表明自己有信心当作家，她们的不安是不是能稍微缓解些？可万一要我拿出证据来，我该怎么办？单是说获了个新人奖，太弱了吧。

“爸爸，您怎么了？脸色好吓人哪。”吃饭的时候，女儿盯着石桥说。

“啊，没、没什么。”石桥把视线移向别处。

“你最近奇怪得很呀。公司里是不是出了什么事？”妻子面露疑色问道。

“我说了没什么嘛。只是发个呆——”“而已”两个字还没来得及说出口，腹部突然一阵剧痛，石桥皱着脸从椅子上滑下来蹲到了地上。

到医院一查，医生说是“神经性胃炎”。“是不是有什么烦心事？处理掉，病才能好。”

石桥默默地点了点头。要是能处理掉，早就不用受罪了。

每当在公司吃了苦头，他就决心“赶紧从这种地方辞职当作家去吧”，但总是无法向家人和盘托出。天天这么焦躁不安，神经都要出毛病了。

终于，在煎熬中盼来了决定命运的日子。灸英新人奖得主即将公布。

石桥从早上起就坐立不安。要是获奖，无论如何也无法对妻子女儿隐瞒下去了。他决定今晚就对两人实话实说。

平淡无奇的一天眼看要过完。但就在下班前夕，他被总务部长叫去了。都这时候了，会有什么事？不知道这回唱的哪出戏。

“打扫卫生习惯了吧？”一见石桥，总务部长就问。

“嗯……”他含含糊糊地答道。习惯倒也是事实。

“是嘛。”部长点点头，“对于你的工作态度，我非常满意。毕竟为公司大大节省了开支呀。所以呢，接下来打算成立负责公司内部所有清洁工作的部门。”

“哎？”

“名字都取好了，叫‘总务部办公室保洁科’。当然，科长的位子归你。愿意接受吗？”

石桥瞪着总务部长，右手紧紧地握起了拳头。

7

“哎呀，这是怎么了？”妻子看着石桥的右手问。因为上面缠着绷带。

“呃……摔了一跤受伤了，我到药店找人帮忙临时包扎了下。”

“啊，真是笨手笨脚。到底在哪儿摔的？”

“车站的台阶上。”

“哦……”妻子好像不再关心。

石桥看了一眼起居室。女儿坐在沙发上，正忙着玩手机。

他做了下深呼吸。妻子朝厨房灶台走去。

“你们俩，”他大声说，“现在方便吗？”

妻子和女儿都停下来，不约而同地看着他。

“我有重要的事情要告诉你们。”他说，“非常重要的事情。”

妻子脸上现出不安和疑惑的神色。女儿脸上除此以外还夹杂了好奇。

我决定辞职了——要是这么说，她们的表情会变成什么样子呢？毫无反应？这不可能。惊喜？这也不现实。愤怒？这种可能性很高，恐怕紧接着就会号啕大哭。

“怎么了？”女儿很纳闷，“有话您赶紧说啊。”

石桥深吸一口气。“公司——”

就在这时，他放在上衣内侧的手机响了起来。掏出来一看，来了个电话。

“喂喂，是石桥先生吧？我是灸英社的小堺。”

“啊……您、您好。”心脏狂跳起来。对啊，是今晚呀。怎么把这么重要的事给忘了！

“就在刚才，评选结束了。”小堺略作停顿后继续说道，“很遗憾，您这次没能获奖。”

“啊……”

“太可惜了。所有人都评价您的作品缺点甚少，写法扎扎实实、稳健牢靠，踏实超群。”

“即便这样还不行吗？”他用颤抖的声音问。

话筒那边传来小堺的叹息声。“像在读标准答案一样，这是全部评委的一致意见。他们说：文章如同教科书，结构中规中矩，一切都没从固定形状中超出一步，感觉不到新奇性和探索精神。他们甚至说，这种性格的人不适合当作家。”

石桥默不作声，无言以对。

“我回头再联系您。”说完，小堺挂了电话。

石桥瘫坐到椅子上，似乎浑身力量尽失。

“干吗呀？出什么事了？刚才的电话是谁打来的？”妻子连珠炮般发问。

石桥摇了摇头。“没什么。”

“可是……”

各种各样的念头在石桥脑中骨碌碌地旋转着，仿佛洗衣机中的衣物，其中也有当作家的梦想，而这个梦想在迅速地褪色。

没过多久，他站起身来，先后看了看妻子和女儿的脸。

“其实，这次我工作变动了，被调到了办公室保洁科。”

“办公室保洁科？这个莫非是……”妻子的脸色变得苍白。

“和工作内容无关。”他斩钉截铁地说，“不管去哪儿，工作都是工作。交给我的任务，我一定会努力做好。就是这样。”

妻子和女儿带着丈二和尚摸不着头脑的表情听完了石桥的宣言，谁也没有说话。但没过一会儿，安心的微笑爬上她们的嘴角。

石桥重新坐回椅子上，摸了摸包着绷带的右手。从公司回来的路上，他气不过，拿拳头砸到了墙上，这才受了伤。不过幸亏砸的是墙。

而且……他盯着手机想，幸亏没获奖。这样就再也不用迷茫了。

小说杂志

1

“参观工作单位？”青山看着上司的脸，再次问，“什么意思啊？”

“哎呀，也不是什么大不了的事。”神田有点不好意思似的挠挠头，“我小儿子啊，是个初中生，在学校里应承下来这么件麻烦事。”

“和同学约好了让他们参观父亲的工作单位？”

“嗯……好像是这么回事。听说班上分了几个小组，参观谁家父母的工作单位。我儿子嘴一松，说自己的父亲在出版社工作，结果大家都非常感兴趣。”

“您答应了？”

“嗯……”神田再次呻吟道，“我本来想拒绝的，可想不出好借口。况且我儿子也跟朋友约好了。”

“哦。”青山模棱两可地点点头，“那您找我的意思是……”

“所以说，”神田把手搭在青山的肩头，“需要向导啊。让他们在编辑部里随便转悠也不方便嘛。因此，我想把这个差事拜托给你。没问题吧？”

“啊？”青山的脸不由自主地皱作一团，“什么时候？”

“这个，就是今天。”

“哎？”青山的脸更加扭曲了，“可我得安排赤村老师的采访啊。”

“那个不着急，不是吗？要是实在忙不过来，找别人替你干好了。求你啦。”神田在脸前双手合十恳求道。

青山叹口气，抓了抓头。神田平日里一直对自己照顾有加，不好拒绝。

“好吧，我试试看！”

“帮我大忙了。”神田听上去如释重负。

青山回到自己的座位，打开电脑想查看邮件，可怎么也静不下心来。该如何对初中生们说明自己的工作呢？

他工作的部门是《小说炙英》编辑部，《小说炙英》是炙英社发行的小说杂志的名字。青山之前在单行本编辑部那边，不久之前刚调过来。

做单行本和做小说杂志的工作内容天差地别。单行本仅由一位作家的稿件组成，小说杂志则须汇编多位作家的稿件，而且内容也不仅限于小说，还包括随笔、对谈、采访等，涉及诸多方面，既有卷首插图，又有漫画，小说内还必须加上插图。要做的事堆积如山。这样的工作一个人根本做不来，所以需要团队合作。作为新手的青山，尚在为适应新工作竭尽全力。这样的自己有能力接待初中生吗？尽管心有不安，但想想看，其他前辈全都忙得脚不沾地，手头的工作比青山的多多了。这么一琢磨，这活儿只能由他来干。

上午十一点刚过，青山被人嘭地拍了下肩膀。是神田。

“听说他们过来了，我们去吧。”

“好的。”青山说着站起身来。

他们下到设有前台的正面大门，便看到了身穿校服的孩子们，有三个男孩、两个女孩。所有人看到他们立即低头致意。非常懂礼貌嘛。

神田走到一个少年身旁，在他耳边小声嘀咕了几句。那好像是神田的儿子。仔细打量打量，两人确实长得挺像。

之后，神田向孩子们露出和蔼的微笑。“大家远道而来辛苦了，我是《小说炙英》编辑部的总编神田。今天请各位尽情参观，这是你们的向导青山。有不懂的地方，尽管问他好了。”神田语速飞快地一口气说完之后，便道：“青山，那接下来就交给你了。我现在必须去趟董事办公室。”

“啊，好的。”

听青山这么回答，神田便匆匆朝电梯走去。目送他的背影远去，青山再次与初中生们相向而立。一张张残留着稚气的面孔上无不带有紧张之色。

“那我们走吧！”

青山迈开步子，初中生们也陆续跟上。

他们走进电梯，去往编辑部所在的楼层。这群初中生拿着一样的手提包。青山隐约瞥见有个孩子的包里放着《小说炙英》，看来提前做过功课。好认真啊，他不禁暗暗感慨。

出了电梯，青山带着他们来到文艺分社所在的楼层。做单行本的部门和做文库本的部门全都在这儿。办公桌与文件柜倒是摆了一长排，但杂乱不堪，书都堆到了地板上。这种脏乱景象似乎令初中生们大跌眼镜，他们目瞪口呆。

“因为大家都很忙，根本没有闲工夫整理。”青山辩解道。

初中生们被带到了《小说灸英》编辑部的工作区。见不着神田的影子，三名编辑部成员个个面对着办公桌。这群初中生来参观的事，按说他们应该也知道，但个个似乎漠不关心，都懒得转过身来瞧上一眼。

会议桌空着，青山就请他们坐钢管椅。三个男生坐到了青山对面，两个女生分别坐在他两边。

“那么……”青山舔了舔嘴唇，“先从什么地方开始说好呢？你们想知道什么？”

“请稍等……”话音刚落，一个戴眼镜的男生举起手来。

“什么事？”青山问。

戴眼镜的少年从提包中拿出一本《小说灸英》。像得到信号似的，其他人都拿出一本放到了桌上。

“哎？大家都买了吗？太开心了。”

青山这么一说，大家脸上浮现出为难的神色。

“不是的。”说话的是神田的儿子，“决定参观以后，我跟爸爸说，请他帮我们准备了五本。因为听说有多余的。”

“呃……这样啊。说得也是，没必要买。”

“说实话，对初中生而言，九百元一本挺贵的。”戴眼镜的少年说，“免费得到这么贵的东西，高兴死了。所以我想坚决不能浪费，一定认认真真读。”

“嗯。”青山点点头。真是些好孩子啊。

“尽管里面刊登了些没听过的作家的短篇小说和随笔，让我稍微有点困惑，但都非常有趣，读着很开心。世上什么样的作家都有啊，受益匪浅。”

“你能这么说，我们作为出版方也很欣慰。”

“可是……”戴眼镜的少年注视着青山。青山注意到他的镜片仿佛亮了一下。“除此以外几乎没什么可读性了。倒是连载了不少长篇小说，但半道上看起根本搞不清东西南北，最后只好放弃了。”

“啊……”青山半张着嘴巴，“或许有这种情况。”

“不过好奇怪啊，明明花了这么多的钱……当然我们没花。花高价买下的那些人，只读到这点东西合理吗？”

“呃，这……”青山原本想说“也没办法”，但还是咽了回去。忌语说不得。

“我们今天来最想知道的是，”戴眼镜的少年把《小说炙英》拿在手里，将封面朝向青山这边，“这本杂志卖得好不好。请告诉我们，卖这本杂志，出版社真的能赚到钱吗？”

2

这番话恰巧是在整个楼层鸦雀无声的时候说的。

不，或许不是恰巧。说不定整个楼层的人一直在竖着耳朵偷听他们的对话，尤其是《小说炙英》编辑部的人。

总之，戴眼镜的少年的发问响彻这个被寂静笼罩的空间。过了一会儿，甚至可以听到回音。

青山看了看《小说炙英》编辑部的前辈们。他们不可能没听到刚才的发问，但所有人都定定地面向办公桌，干瞪着电脑或校样。那些背影似乎甩出一句“你自己想办法吧！”，生生抛弃了青山。

“呃，这个，怎么说呢……”青山掏出手帕，擦了擦额头上渗出的汗水，“绝不是没有可读性。毕竟有那么多人喜欢读连载小说。”

“是吗？”戴眼镜的少年露出狐疑的表情。

“是呀。否则还刊登干吗？”

“可是……”坐在青山右侧的女生开口道，“那些人是从什么时候开始买的呢？就说这本吧，里面连载的有第三回、第十回、第三十回，全部乱七八糟的。这样的话，不管什么时候买，大部分的作品不都是连载到中间吗？”

“呀，你说得确实也对。”青山感到口渴难当，“从半道上看起，也不是绝对不行啊。想想看，你们也看漫画杂志吧？我们社也出版了《少年 Punk》，那上面刊登的，基本上都是连载，但大家还不也都是从半道在读。”

“我认为漫画杂志的连载不一样。”这些初中生中个子最小的少年斩钉截铁地说，“在来这里之前，我按照自己的方式分析过。”

“哦，分析？”

“漫画杂志的连载，大多一期讲完一个故事。即便不是这种情况的作品，也下足了功夫，要么让从半道读起的人想继续读后文，要么让人想知道之前的来龙去脉。然而，《小说灸英》上连载的小说，让人完全感觉不到这种用心。倒是登载了截至前一期的故事梗概，但根本看不出真心向读者传达内容的用意。”

“啊……对不起。”听到这个一针见血的意见，青山忍不住缩了缩脖子。

“青山先生，请告诉我们。”神田的小儿子一本正经地说，“《小说灸英》到底能卖多少，能赚多少？到底是否有盈余？”

面对这些根本问题，青山无以作答。他终于明白了神田硬将向导这个差事派给他的原因。听完儿子的话，神田隐约料到了这群初中生会提什么问题。

真恨不得找个地缝钻进去，可那是不可能的。初中生们在耐心等待着青山的回答。

青山横下一条心，打马虎眼是不行的。他做了个深呼吸，开口道："我想，读连载小说的人确实比较少。老实说，单就《小说灸英》来说是亏损的。"

大家流露出"果不其然"的表情。青山注意到神田的儿子一下子垂下了肩膀。知道父亲的工作单位是这种情况，想必深受打击吧。

"但并不是说绝对产生不了利润。"青山说，"连载结束后，小说会以单行本的形式出版，那样书毫无疑问会盈利。因为作家了不起，才委托他们写连载的嘛。尽管单说《小说灸英》是亏损的，但整体上来看还是能稳稳地获利。"

青山打算和盘托出，如此一来这些初中生就能理解我们了吧。然而，他们脸上无法释然的表情丝毫未变。最后，他们互相对视了一下，点点头。那个戴眼镜的少年再次代表大家开了口。

"我们在此前也讨论过或许是这种情况，因为如果不这样，整个公司根本不挣钱。可是，即便如此我们依然无法理解。"

"你指的是……"

"我指的，"戴眼镜的少年吸了口气，"当然是刊登连载小说的意义呀。你们不是知道读的人很少吗？既然这样，为什么还要刊登呢？"

青山下意识地皱起了眉头。"你们没听到我说的话吗？将长篇小说以连载的形式刊登……"

"连载结束后就做成单行本，这个我知道。但我不明白连载的必要性，为什么不直接做成单行本呢？"

听到这个问题，青山终于找回了几分从容。他问的是个初级问题。

“这种情况也比较多啊。不，应该说非常多。新作家或书不怎么畅销的作家，我们会直接把他们的原稿做成单行本。那种做法呢，叫‘新著’[①]。”

“我听说过。为什么不全都这么做呢？”

“我们也巴不得这样做呀。可碰上畅销作家，这就行不通了。”

“为什么？”

“毕竟在小说杂志上连载，他们能拿到稿费嘛，要是‘新著’可就没有了。从作家的角度来说，赚得多比赚得少好。所以，他们理所当然会优先处理连载的工作。”

“但是……”右侧的女生插嘴道，“那些连载小说，可以说根本没人读吧？”

“我倒不觉得没人读……”

“可算不上是商品吧？”小个子男生说，“至少，在当时是产生不了利润的东西。即便如此还要支付稿费吗？”

“是呀。因为要登载他们写出来的东西啊。”

“请问……”青山的耳边响起一个声音。左侧的女生正举着手，她个头很高，看上去略显成熟。“作家本人是怎么想的呢？”

“怎么想的？”

“他们明知道没人读连载小说还写吗？假如真是那样，我猜他们没干劲。”

“啊，这个……”青山拼命搜索着合适的字眼，他又被逼到了绝境。“这个该怎么说呢？连载的过程中或许没人读，但做成单行本就有人

---

①指新写的作品，尤指不在报纸或杂志等上面刊载，直接出成单行本的小说、戏曲和论文等。

读了，所以我想他们不会没干劲的。”

“将连载小说做成单行本的时候，还会重新改写吗？”

“呃，改写的人很多，恐怕一字不改的在少数。”

“稿费是按照原稿的页数来算的吧？”

“是啊。不同的作家拿到的稿费会不同。我们会将全文换算成四百字一页的稿纸来计算。”

“这样的话，”略显成熟的女初中生说，“连载的时候适当啰唆地写点废话，等到做单行本的时候再改也行喽？要是我，准会这么干。”

“也就是说，”戴眼镜的少年继续道，“他们是稿费小偷！”

3

编辑部的空气冻结了。毫无疑问，尽管谁都没有朝这边看，但他们都在竖着耳朵偷听。

赶紧想办法，让这些小鬼闭嘴！所有人似乎都在向青山施加无言的压力。

“不、不不不。”青山在脸前挥挥手，“那种事虽然不是做不了，但没有作家会那样的。谁也不会干那种事。”

“是吗？”女初中生一副无法认同的样子。

“毕竟，那么做的话后面只会自讨苦吃。他得重新写呀。”

“他们可以适当地偷工减料，使得后面不用吃苦头吧？既然是职业作家，估计这点事情对他们来说是小菜一碟。”

一时间无言以对，没有了反驳的余地。

“让他们这样骗取稿费，不觉得不甘心吗？”女初中生接二连三地质问。真想照着这张小毛孩的脸暴打一顿!

青山暂且干咳了两声。再怎么样也得把架势重新摆好。

“没什么不甘心的呀。即便出现那种情况，最终还是会做成单行本，我们仍然可以获利。所以，遇上那种事只能自认倒霉。”

“简言之，”戴眼镜的少年镜片又闪过一道光，“作家在小说杂志上刊登的就是草稿喽。他们用草稿在赚取稿费，可以这么理解吧？”

“草稿……这种说法有点不合适。”

“但难道不是吗？因为以改写为前提。”

“没有那种前提。大多数作家都是一丝不苟地在写，尽量避免改写。可人毕竟是人，有时候也会出现预计不到的情况。这种情况在做单行本的时候就需要修正。”

戴眼镜的少年不满似的皱起眉头。“这种东西还不叫草稿？连载中的东西是还没完成的原稿吧？”

“嗯，话倒是可以这么说。”

这时，坐在青山右侧的女生把《小说灸英》拿在手里说:“哎——原来读者买的是半成品哪。就这样还卖九百元！”

“呃，等一下。确实做单行本的时候会做修正，但这不意味着连载中的是半成品，那也是以当时的形式完成了的作品。该称为进一步改良呢，还是称为升级呢……没错，是升级。读者也希望读到更加完善的作品嘛。”青山使尽浑身解数发表了一通热情洋溢的演说，腋下早已汗出如浆。为什么自己非得遭受这种折磨不可？他禁不住对神田恨得咬牙切齿。

初中生们再次面面相觑，似乎在互相使眼色。青山有种不祥的预感。

小个子男生从包里拿出一张 A4 纸。“来这里之前我在网上调查了一下。”

刚才是分析，这次又来个调查。搞什么名堂啊，这群小鬼！

“这十年间，《小说灸英》连载了一百五十多部长篇小说。”

“哦，是吗？”或许吧，青山想。他没有数过。

“正如青山先生您所说，大部分做成了单行本。但是，至今依然有十六部作品没有出版。这又怎么解释呢？”

“怎么解释？我想应该有各种各样的情况吧。修改耗费了时间，或者还在寻找出版时机……”

这时，小个子初中生把文件放到了桌上。“十六部作品之中，十部作品已经连载完三年以上了。说得更具体点，其中的五部作品已经连载完八年以上了。关于这些作品，您有什么话要说呢？为什么不做成单行本？”

“这……”

青山很想说，这也是我的疑问啊。但这种话死也不能说出口。坚决不能说！

“我不清楚。因为出单行本的是别的部门。我想是他们与作家商量之后，决定那么做的。”

“那么，”小个子说，“可以帮我们介绍下那个部门的人吗？关于这一点，我想听听他们的说法。”

话音刚落，只见这层楼的一部分人开始骚动不安，纷纷到去向告示栏前写东西，紧接着咯噔咯噔地快步离开了房间。不用说，他们全都是单行本的责任编辑。

青山叹了口气，望着小个子初中生。“很遗憾，现在他们好像全都出去了。”

“是吗？”小个子初中生完全不为所动，又拿出一些文件，“对于那些没有做成单行本的作品，我又试着在网上作了调查。原来其中一半以上的作品在连载的过程中就突然中断了，这可以解释为是作者才思枯竭写不出东西来半途而废了吧？如果不是这样，那又是为什么呢？请给出合理的说明。”

青山弱弱地呻吟了一声。合理的说明？这种事情怎么可能？要说原因，实际情况确实如小个子所说。

“怎么样？”小个子不依不饶地问。

“嗯……大概也有那样的情况。啊，不过，是很少的。作家也是人，免不了犯错。你们也是这样吧，再怎么努力，也很难考满分，是不是？与这个是一样的。”

小个子初中生的目光变得凌厉起来。“一样吗？”

“一样啊。既然是人做事，难免犯错。”

这时，戴眼镜的少年插嘴道：“我认为考试和商品不一样。”

“商、商品？”

戴眼镜的少年拿起桌上的《小说灸英》。“这本小说杂志难道不是贵社的商品？刊登无法做成单行本的败笔之作，不意味着这是劣质品吗？按理说，不是应该召回，无偿给读者换成完工的作品吗？”

4

“从决定到这儿参观的那天起，我们就作了各种各样的研究。”戴眼镜的少年用轻描淡写的口吻说，“但是，无论如何我们都搞不明白，为什么非要付给作家那么高的稿酬，刊登连载小说呢？做成单行本的目的，我们一清二楚。可实际上，也存在达不到这种目的的情况。这种时候，作家会退还稿费吗？应该不会吧。那么，究竟为什么要进行连载呢？我想，恐怕只是给了作家一笔不义之财而已。这么想有错吗？再说连载小说的实际状态，青山先生您再怎么解释，也抹杀不了它们是草稿的事实。作家把草稿卖给出版社，不觉得羞耻吗？而出版社明知是草稿还刊登，没有罪恶感吗？还是说，反正连载小说没人会看，无论是作家还是出版社根本不把这当回事？”

“不，没有的事。”青山把身体缩成一团，毫无底气地回答。

“青山先生，”小个子初中生叫道，“通过到目前的谈话，事情已经水落石出了。归根结底，所谓连载小说，不过是以稿费的名义给畅销作家金钱的体系罢了。所以，草稿也好什么也好都没关系。是不是这么回事？”

又不能回答“你说得没错”，青山选择了沉默。

“假如果真如此，只付稿酬别连载不就行了？而且不要像连载那样一点点地买原稿，而是等原稿全部完成以后再买不好吗？这既能省去改写这种麻烦的手续，又能避免付了稿费却做不成单行本的尴尬。如果《小说灸英》只刊登那种可以一次性看完的小说，我想会成为非常好的商品。”

小个子说得头头是道，可事情并不是那么简单。

“那是不可能的。”青山说。

“为什么？”

“那样划不来。”

“划不来？”

“是的，划不来。”青山将身体靠到椅背上。就在这儿说一点真心话吧，他开始这样想。“以连载这种形式，不管草稿也好什么也好，我们每个月都能切切实实地拿到作家的原稿。对于出版社来说，这是至关重要的。连载一旦开始，总有一天会完结。确实有无法做成单行本的时候，但那是小概率事件，大部分情况下还是进展顺利的。”

然而初中生们并未露出释然的表情。不出所料，戴眼镜的少年说：“我们还是没懂。因为等不及小说完成，所以付稿酬每个月一点点地买原稿，这种体系我们明白了。但为什么非得连载呢？既然付了钱，刊不刊登是出版社的自由吧？”

青山摇摇头。究竟是孩子啊，什么都不知道。

“不能不连载，那对作家非常失礼。”

“失礼？是那样吗？”

“是的。当初告诉作家要连载才约稿的，他们也是基于此开始写作的。因此如果不连载，他们当然会生气，会说‘早知如此何必设定交稿日期’。”

“为什么生气？反正是草稿罢了。我认为，对于作家而言，最好不要将这种东西公之于众。既然收了稿费，就不应该有怨言。别设定交稿日期这种要求也很可笑，干脆叫交货日期好了。作家就是制造业嘛，遵守交货日期是理所应当的。”

“这个，不能这么办哪。”

“为什么？您刚才说不刊登连载作品对作家非常失礼，但您不觉得刊登那种东西对读者也很失礼吗？”

戴眼镜的少年这一席话，如同尖刀般猛地刺入青山的胸口。“这个……”他冒出两个字就无法继续了。对读者失礼——他说得没错。

“青山先生，”神田的儿子发出严厉的声音，“前几天，我偶然看到了父亲的邮件。邮件内容的大意是：《小说灸英》销路不好，他十分犯愁。为此连日开会，疲惫不堪。一开始我很难理解，但听了刚才的那些话，我明白了。《小说灸英》不是为读者而是为作者出版的，那种玩意儿，卖不出去是正常的。这种烦恼根本毫无意义。父亲竟然做这种工作，真是可悲！”

“可悲？”

“是啊，你们不觉得羞耻吗？”说话的是那个略显成熟的女初中生。

“羞耻？”

“我认为，既然收了钱提供给读者，就必须是可以自信满满地称为成品的作品。做单行本的时候再去改写，假如有看了连载的人，他们该怎么办呢？还要他们再买一次单行本吗？这不是诈骗是什么？”

“诈骗？”

青山脑中有根线瞬间断得七零八落，初中生们仍在继续发动攻击。他们说，正是因为做这种半吊子的商品，书才卖不出去，出版业才日益凋敝，等等，太令人吃惊了。把纸张和劳动耗费在这些谁也不会去读的东西上能讨谁欢心？纯粹是浪费资源罢了。说得再难听点，还不如干脆把连载小说那些页面空着呢，那样至少还能当草稿纸记笔记……

“吵死啦！”青山用双手敲着桌子，站了起来，“你们这些家伙，净满嘴胡诌！”

戴眼镜的少年瞪圆了眼睛，其他初中生也惊讶得大张着嘴巴。

青山看着他们继续说道：

“我们一清二楚！我们也知道自己在做奇怪的事。可这也没办法。不这么做，那些作家根本不会写！如果不用这种形式，那些家伙根本不会动笔！‘老师拜托您了，请一定要在交稿日期之前写完。’你们不知道我们要下跪催促多少次，才能拿到原稿。交货日期？你们觉得他们会把这当回事吗？那伙人可都是因为干不成普通工作才当作家的！那些家伙和小孩没什么两样。暑假作业不到八月三十一日是不肯做的，他们跟小学生一个德行。不，还有比这更恶劣的家伙，满不在乎地完全无视交稿日期，耍着威风不说，还降低原稿的质量。连载小说之类的没人读？是啊，你们说得没错。这一点那伙作家也知道。他们还知道小说杂志亏损得厉害。根本成不了商品，他们也心知肚明。尽管如此，他们依旧装作一无所知，堂而皇之地来夺取稿费。就算这样煞费苦心得来的原稿，也还只是你们刚才所说的那种草稿水平。满页的错字漏字不必说，自相矛盾讲不通的地方也不罕见。'老师，这个登场人物在上上回就死掉了呀。'这种情况比比皆是。作家对此的回答是'哦，是吗？那等做单行本的时候再改好啦'。要是不死心地恳求'这可不行啊，请您修改下吧'他反而恼羞成怒，干脆甩出一句'假如这么麻烦，今后我不跟你们出版社合作了'。那些家伙常把这句话挂在嘴边。无可奈何，我们只能拼命想办法，竭尽所能地把那种草稿水平的糟糕原稿修改到可读的程度。我们也不想卖有缺陷的商品！所以拼了命地给那些作家擦屁股。这么做哪里是没意义？哪里是诈骗？如果要抱怨，你们给我做一遍试试！当小说杂志的编辑试试！要是对付得了那些混蛋作家，你们倒是让我领教领教啊！"

对着天花板咆哮完，青山马上清醒过来。他回忆着自己刚才所说的每一句话，害怕起来。我都胡说了些什么啊！

他诚惶诚恐地看了看初中生们。大家都呆在原地。

接着青山把目光投向周围。留在这层楼的人全部注视着他。刚才本已出去的图书编辑们也不知道什么时候回来了。

有一个人慢慢地走了过来，是神田，他眼睛通红。青山焦躁不安，必须修改刚才的发言，可是一句话也说不出来。那要不先道歉吧……

神田停在青山面前，目不转睛地瞪着他。青山很想说“对不起”。然而就在他开口之前，神田把双手伸出来，紧紧地抓住了他的手。

“哎？”

青山凝视着神田的脸。忽然，上司眼中溢出一行热泪，滑过脸颊。

就在这时，神田的儿子喊着“爸爸”站了起来。“我不知道父亲的工作原来这么残酷。对不起。”

“嗯……”神田朝儿子转过身去。父子对视片刻，紧紧地抱在了一起。

戴眼镜的少年、小个子初中生和两个女生也站了起来。

“青山先生，”戴眼镜的少年说，“您的答辩太棒了，我们深受感动。是我们误解了小说杂志，原来你们一直在拼命战斗。那些轻浮的发言，我们收回。今后也请继续努力！”

青山一时无言以答，或许说不知所措更为恰当。

这时，不知道是谁在哪儿率先啪啪地拍起手来。随后全体人员起立，对青山报以经久不息的热烈掌声。

天敌

1

小堺一边快跑一边看着手表。距约好的两点只剩下两分钟了。真倒霉！他咬了咬嘴唇。之前的工作拖延了时间。

与新锐作家唐伞忏悔碰头的地点定在他住处附近的家庭餐厅。听说，唐伞习惯在这家店的自助饮料吧一杯接一杯地喝着咖啡进行构思。若在以前，稍微迟到几分钟并不是什么大不了的事。唐伞不像是会因为这种事动怒的人。

但彼一时此一时。即便唐伞不计较，也不能迟到。

那家伙大概今天也一起来了吧。今天会不会有别的事没来呢——这个念头在小堺脑海中一掠而过，尽管明知希望渺茫。

终于到了那家店。小堺推开门，飞快地冲了进去。他急忙环顾店内，发现唐伞坐在里面的桌子前。

而且——那家伙果然也来了，正坐在唐伞的旁边盯着手表。唐伞发现小堺后点头致意，那家伙却全然不理睬。

“呀，您好。”小堺带着亲切的笑容走上前去，在他们对面坐下的同时看了看手表，“哇，刚好两点整呢。好险！”

“你的表，不准哟。现在是两点零一分。”那家伙——须和元子用冷淡的口气说。

“哎，是吗？真奇怪啊。应该是对得很准呀。”

“我的是电波表，一秒也不会差。小堺先生你踏进店里的时候就已经超过两点了。我之前也说过吧，迟到很麻烦。”她声音尖锐地喋喋不休，像猫一样的眼睛愤怒地瞪着小堺。听说她二十七岁，由于长着一张娃娃脸，显得更年轻。

“哎呀，好了好了。不过一分钟而已嘛。”

“不行，别说这种没原则的话！”唐伞有意帮忙打圆场，而须和元子依旧怒气难消，“允许一分钟就意味着会允许两分钟。接下来完全可能变成三分钟、四分钟，甚至是五分钟。老师您宝贵的时间被这么白白浪费，我坚决不允许！”

“对，您说得没错。”小堺将两手撑在桌子上，“真的非常抱歉。之前的工作拖延了时间……”

“那种事，和我们又没关系。”

“那是当然。唉，真的……很过意不去。”小堺对着二人，更确切地说是对着须和元子恭恭敬敬地低头赔罪。

一脸好奇的女服务员窥探着情形前来接受点餐。唐伞和元子面前已经放着饮料，小堺又向服务员点了自助饮料。

拿着咖啡回来后，小堺挺直后背看着唐伞。“那么就进入正题吧……新作进展得怎么样？上次您说快写到高潮部分了。”

唐伞的脸色一沉。“唉，这个……”

小堺了然于胸。年轻作家的这种表情他见得多了。“遇到瓶颈了？哪一部分？”

“不是哪一部分……我开始怀疑是不是最初的设定就欠妥。”

“设定？您指的是……”

“就是舞台设定、人物设定这些。我本来设定的是穿越到明治时代的主人公在银座砖瓦街开始了侦探生涯，但现在怎么也无法顺利写下去了。”

“为什么呀？我倒觉得这种设定非常有趣。”

唐伞“嗯”地呻吟了一声。“无法顺利展开不合理的逻辑。”

“哈？不合理的逻辑？”小堺更不明白了。

“我觉得，我的作品特色就在于此。说一千道一万，我的书卖得好的终究也只有《虚无僧侦探早非》而已。那本书热销也好，业界高度评价也罢，我想都是拜逻辑展开得非常不合理所赐。我的粉丝期待那样的东西。所以，我总希望写出跟那一样，或者比那更不合理的作品来。”

“明白了。所以您考虑这回如此设定。听您说这个构思的时候，我鸡皮疙瘩都起来了。觉得《虚无僧侦探早非》的世界苏醒了过来。”

小堺拼命给唐伞戴高帽，但他的表情看上去依旧不来劲。

“可是，太弱了吧……”

“您指的是什么？”

“没有冲击感。”须和元子突然从旁边插嘴道。

“冲击感？”

“谜团没有强烈的冲击感。创作出《虚无僧侦探早非》的唐伞忏悔怎么能写这么不起眼的谜团！那样的话，其他作家也写得出来啊。

粉丝是不会买账的。身为最忠实的粉丝，是我对老师那么说的。对吧？”

什么狗屁“对吧”！小堺恨恨地看着她。唐伞举棋不定的原因，十有八九出在这家伙身上。纯粹是多嘴多舌。

唐伞默不作声，沮丧地耷拉着脑袋。

“那您想下一步怎么办呢？”小堺小心翼翼地问。

“嗯，关键就在这里。”唐伞抬起头来，“我想，即便从细节上一点点地修改，也解决不了根本性的问题。所以，要不从头开始重写算了……”

“啊？”小堺一下子坐直身子，“从头……开始吗？怎么重写？”

“我在琢磨，也不设定在明治时代的砖瓦街了，干脆把舞台挪到外国去怎么样……比如在伦敦与夏洛克·福尔摩斯对决。”

“太——棒了！”须和元子拍手叫好，“老师的粉丝想读这样的作品。”

你给我闭嘴！小堺拼命忍住破口大骂的冲动。“呃，但是到这个阶段再从头开始写的话，没法按计划完稿了吧？”

“我想很困难。”唐伞低着头说。

“这有什么。”须和元子这时又横插进来，“计划赶不上变化快嘛！写出一部上不了台面的东西来，让唐伞忏悔的名誉受损怎么办？你负得起这个责任吗，啊？”

“我当然负不起这个责任。呃……这……”

见小堺支支吾吾，须和元子露出打了场胜仗的得意表情。“我就说嘛。你才不管作品写得怎样呢，满脑子光想着出版唐伞忏悔的新作了，是不是？这可不行啊老师，别被他骗了。”

“哎呀，这怎么能说是骗呢？”小堺在脸旁摆了摆手，“我也希望唐伞先生能写出自己满意的作品来啊。”

“那就请您再等一阵子好吗？我再重新考虑考虑。”唐伞露出郑重的表情。

既然作家都这么说了，作为编辑哪儿还能强人所难？“好的。”小堺只得作罢。

走出家庭餐厅，小堺发出响亮的咂舌声。那女人算哪根葱啊！

在上次和唐伞碰面时，唐伞将须和元子介绍给他。“类似于经纪人吧。”听唐伞不好意思地这么一说，小堺立刻反应了过来。啊……原来他们在交往啊。不用说，估计是以结婚为前提。

这不算什么稀罕事。畅销作家创办个事务所，由太太来当社长，这屡见不鲜。因为是社长,所以对工作上的事多少也会加以干涉。“类似经纪人”应该可以理解成这个意思。

然而，须和元子可不是这么高雅的存在。她对唐伞的工作毫无例外地都要指手画脚一番。如果只是提提建议也就好了，激励一下更为难得，可她的情况完全不同。她几乎把编辑当成了“以她心爱之人为食的鬣狗”，彻底敌视。不管什么样的策划和工作，不得到她的认可根本行不通。

一言以蔽之，她就是小堺的天敌。

2

“哦……有那种事呀，唔……”听了小堺的话，总编狮子取以一副事不关己的轻快口吻说，“是吗，忏悔先生在和那样的人交往啊。”

“真是受不了，我凭什么非得挨那种女人噼里啪啦一通数落啊？”

“哎呀，别发这种牢骚了，这还不是家常便饭嘛。”狮子取一边点烟一边说。

“这是家常便饭吗？”年轻编辑青山问。尽管他是小说杂志的编辑，但由于担任唐伞忏悔的责编，所以经常像这样和他们一起聊天。

三个人待在公司的吸烟室里，没有旁人。

“是啊。作家的老婆大体上可以分为三种类型，”狮子取竖起三根指头，“毫不关心型、想引人瞩目型、胡乱干涉型。”

“哈哈，毫不关心型我知道，是指那种对老公的工作毫无兴趣的太太吧？”

“说得准确些，是对作品的内容毫无兴趣。而对出的书赚了多少，有多少落入荷包都漠不关心的太太，我还没见过。”

“原来如此。”青山露出豁然开朗的表情，“那想引人瞩目型是指……”

“跟字面意思一样。因为老公出了名，自己也想趁势着手干点什么的太太出奇地多。耳濡目染之下声称自己也要写小说的有之，开始演戏的亦有之，还有画画开个展什么的。”

“夏井老师的太太就开了场香颂音乐会，对吧？”小堺补充道。

“没错，真是让人无语。没想到她是那种五音不全的人。”

“那种情况，责任编辑……”

“当然要奉陪到底了。”狮子取斩钉截铁地说，“作家的太太要是出了书，必须最先买来读，还要赶在所有人前面写信献上读后感，不用说必须是一堆赞美之词；要是她们演戏，必须占领最前排的座位，流下感动的泪水；要是她们开画展，必须送花，第一个跑去买画；要是她们开音乐会，必须在显眼的位置站起来热烈鼓掌。这都是些用脚趾头也能想到的事。”

“真不容易啊。”

“这还不算什么呢。”小堺说。

“对，这种事对编辑来说算个屁。”狮子取对着天花板吐了口烟。

“最后的胡乱干涉型，又是怎样的一种人呢？”

“这种呀，”狮子取把变短的烟蒂在烟灰缸中掐灭，又取出一根点上火，“某种意义上来说，是最麻烦的。”

“具体指什么？”

狮子取两根手指夹着烟，用拇指挠了挠头。“毫不关心型的还好，想引人瞩目型的也不会给我们的工作造成多大不便，让人头疼的，就是那种什么都得干涉的太太。也可以称之为制片人型。”

“啊！”青山看了看小堺，“那唐伞先生的情况莫非就是……”

“对啊，一点没错。”小堺愁眉苦脸地说，“她完全拿自己当制片人了，而且这还没结婚呢，以后结婚了可怎么办？”

“这种类型不好对付的地方就在于她们不仅对编辑的工作指手画脚，实际上，不少场合也会对作家的创作提各种各样的要求。”

听了狮子取的话，小堺呻吟道：“确实是这样呢。”

“是吗？”青山意外地问。

“这种人，大多数都曾经是作家的粉丝。”狮子取开始了他的解说，“所谓粉丝，支持的同时，要求也非常多，而且经常做些任性的事。以前有一位作家，想摆脱千篇一律的模式，就让系列作品中的一个人物死了，结果竟有人写恐吓信给他：‘你为什么要这么做？重写！’换句话说，这种人陷得太深，一旦觉得作家写作的情节展开不如意，这种人就会歇斯底里。”

“啊……”青山脸上露出惊讶之色。

“还有人常把个人喜好强加给作家。”小堺说，“比如，不希望作家写香艳场面。”

“嗯，是啊。有个写恋爱小说很畅销的女作家，从某个时期开始突然不再写情爱场面了，我们挺纳闷，一打听，原来是当时交往的男朋友不希望她写那种小说了。真荒唐。”

“可他们毕竟是作家呀，只要不听那种人的意见不就好了？”

“说归说，听的作家还是占多数。大家在老婆或者恋人面前都最软弱嘛。那该怎么办呢，狮子取先生？就是因为这个缘故，唐伞先生才说要从头重写的。”

小堺的问题让这位大个子总编换上了沉思的表情。“这次的新作是要以明治时代的街道为舞台，让侦探遭遇不合逻辑的案件吧？”

“没错。是唐伞先生拿手的本格不合逻辑推理。大致的情节和手法不变，他想改的是舞台和人物设定……”

狮子取哼了一声。“唉，真没办法呀。只能交给制片人了。”他用放弃的口吻说。

3

唐伞忏悔，即只野六郎在电脑前叹了口气。他把咖啡杯拉到跟前，里面已经空空如也。要不要冲杯咖啡呢？他略一犹豫后放弃了，今天已经喝了五杯。

面对着屏幕，他又叹了口气，挠了挠头。

灵感怎么都冒不出来。正如他对小堺说的那样，他把设定从头全改了，然而故事还是没法顺利进行。

以前从没有过这种时候。只要准备好了舞台，登场人物们会自行活动起来。六郎自己都未曾预想的谜团会出现，他自己都预料不到的人会一再做些令人莫名奇妙的言行举动，最终构建起不合逻辑但连自己也觉得完美无缺的世界。

然而，最近却不能那么顺利地进行下去了。回回都是抓耳挠腮费尽心思，即便写出来点东西，过后看也无法认同。或许这就是所谓的“一时不在状态”吧。要是迟迟无法从这种状态中摆脱出来怎么办？想及此，六郎顿觉后背发凉。

把舞台从明治时代的东京改成十九世纪的伦敦，是不是不好呢？要不改成法国？算了，一不做二不休索性改成美国……正浮想联翩之际，玄关响起开锁的声音。

门开了，元子说着“我来了”走了进来，她有六郎给的备用钥匙。

“感觉如何？”元子一走近就凑上来盯着屏幕，“咦——没什么进展嘛。怎么了？”

“总感觉进行不下去，似乎设定不妥。”

元子抱着胳膊。“我倒觉得把舞台改为伦敦不错。”

“可能不仅是舞台的问题。我又考虑了考虑，在想要不这次稍微试着挑战一下。”

“挑战？怎么个挑战法？”元子的眼睛为之一亮。

六郎舔了舔嘴唇后开口道：“出现警察怎么样？”

“警察？”元子的两条眉毛几乎拧成了一条线。

“嗯。我还是觉得如果出现官方侦查人员，故事情节会展开得畅通无阻。”

“你这是要放弃本格不合逻辑推理吗？”

“不，不是。”六郎慌忙在脸前摆摆手，“没有的事，我不会放弃那种风格。这还用说？毕竟我的小说卖点就在那里啊。”

“可你不是要让警察进行侦查吗？我觉得那样就不是不合逻辑推

理了。”

“所以，这种侦查我也会写得不合逻辑。比如说……”

六郎拼命解释，希望获得元子的理解。

须和元子是六郎高中时代挚友的妹妹。六郎收到她的来信是在出道不久之后，信中除了祝贺他斩获新人奖之外，便是长篇大论地表达她读了获奖作品《虚无僧侦探早非》之后如何感动。

六郎欣喜至极，立刻给挚友打去电话表示感谢，后来决定三个人见一面。他们在银座的一家中餐馆相聚。

十年没见，元子出落成了一个成熟的大美女，六郎都不敢与她四目相对。比起见到哥哥的挚友，她似乎更为能见到崇拜已久的作家兴奋不已。

以此为契机，两人开始了交往。六郎写的书，元子全部读过，而且还发表了自己的感想，其中不全是赞美，同时委婉地暗示了不满，这一点令六郎颇为中意。赞不绝口固然让人心情愉悦，但光这样对作家而言没有任何益处。

六郎在考虑与元子结婚。他已经向双方的父母打过招呼，在业界内虽尚未公开，但他已向对自己照顾有加的前辈作家玉泽义正介绍过了元子。

“没问题吗，小元子？给干这一行的当老婆可很辛苦啊。”玉泽意味深长地笑着说。

我做好心理准备了——当时元子回答。

从那个时候开始，元子的态度逐渐变了。此前六郎会把还没写完的小说给她看，听取她的感想，可她都没有给过多么强烈的意见。然而最近她变得相当积极起来，似乎是被玉泽吓唬过以后，身为作家妻子的自觉性萌发了。

她的意见始终如一，就是希望六郎写出超越《虚无僧侦探早非》的本格不合逻辑推理作品，这也是六郎自己奋斗的目标。看过网上的评论，他意识到，还是有一批追随自己的狂热粉丝的，尽管为数不多。不能背叛他们的期待。所以，六郎认为应该听取身为这些粉丝代表的元子的意见。

可是，对于六郎让小说中出现警察这个点子，元子并不起劲。

“这个，总觉得哪里不对。感觉不是唐伞忏悔的作品，而像在模仿唐伞忏悔。”

“是嘛……果然。”

“果然？看来你自己也那么认为喽。妥协可不行。”

六郎无法反驳这个意见。确实如她所说。

这时，手机响了起来，是小堺打来的。六郎一接起电话，小堺便问：“怎么样？”

“唔，”六郎呻吟道，“感觉现在又碰到一道难以跨越的障碍。”

“这样啊？那么，能给我简单说说现在的状况吗？”

“好的。”

尽管六郎认为见编辑也没太大用处，但也不能对人过于冷淡。两人约好在常去的那家家庭餐厅见面。

4

看见走进店里的二人，小堺的心情郁闷起来。那个女人——须和元子又跟来了，那个拿自己当制片人的女人。

“呃，上次碰头的时候，您说要试着修改设定。”等三个人的饮料都拿来之后，小堺挑起了话头，“那么这回有什么问题呢？”

“总感觉无法让故事朝着有趣的方向发展。怎么说呢，停滞不前了。所以我在想，索性这次让警察出场吧。”

小堺本来想说“这挺好的呀”。唐伞的小说尽管属于推理，但有一个特征——就是从未出现过警察。可就在他开口之前——

“那样不行，对不对？”须和元子说，“那样就不是唐伞推理啦，粉丝们会大失所望的。小堺先生，连你也这么认为吧？”

“这……该怎么说呢。我倒觉得那样也未尝不可。”小堺模棱两可地应付道。

“你说什么呢？作为唐伞粉丝的代表，我对此坚决反对。”

“啊，是吗……”你这女人烦死了！小堺在心中暗骂。他很想说，既然作家都有意这么写了，你别再多嘴多舌！

“总之，不能改变方针！必须更加珍重那些支持您的粉丝！”

在须和元子的煽动之下，唐伞忏悔“嗯”了一声，缩成一团。完全是个妻管严。

“其实，在来这儿之前，我琢磨了一个点子。”小堺一边交替看着唐伞与须和元子一边说，“真正发生杀人案怎么样？”

“杀人？”唐伞一下子挺直上半身，“您指的是，在小说中真的有人遇害？”

“是的。这起杀人案由侦探以一贯的不合逻辑推理破解，这样读者肯定会大吃一惊——”

“小堺先生！”须和元子砰地一拍桌子站了起来，“你是认真的吗？唐伞忏悔的小说最大的特征就是不会发生真正的杀人案，谁也不会死，难道你忘了？”须和元子吊着眼角，大大的黑眼珠泛起愤怒的火焰。周围的客人都惊讶地望了过来，而她丝毫不介意。

“好了好了，请冷静一下，坐下来吧。”小堺两手伸到前边。

“坐下来嘛。”唐伞也小声说。须和元子这才终于坐了回去。

“当然，有关唐伞先生的特点，我也很清楚。”小堺把两手按在桌上说道，“可是，我觉得任何事情都有需要妥协的情况。明明是以侦探为主人公的本格推理，实际上却没发生杀人案，写这样的故事，我想肯定是相当费心思的。但唐伞先生能将这样的风格一直延续至今，我深感佩服，实在是才华横溢。然而，渐渐没有灵感也不奇怪。现在，我们要不要降低下难度呢？我想读者也会理解的。”

“你在说什么呢？唐伞忏悔是位大有前途的作家，现在就降低难度怎么行？那样的话，只能成为普通作家了。小堺先生，你企图毁掉唐伞忏悔吗？”

“不，我决没有那样的企图……降低难度这个说法有点不妥，我道歉。多样性……对，是增加多样性。这不行吗？”

“不行！”须和元子用力摇摇头，“那种玩意儿，我不同意。”

凭什么由你来决定？话到嘴边，小堺好不容易才咽下。

“那这样行不行？不发生杀人案，但某人的生命受到威胁。读者或许会觉得，‘哇，这次和以往类型不同嘛’。”

“荒唐透顶！”须和元子狠狠甩出一句，“粉丝是不会那么想的。”

“是吗……”

“因为我就是最忠实的粉丝，我的话不会错！”

“那……您看这样如何，凶手——”

“别说了，够了。没法谈了。”须和元子抓起唐伞的胳膊，“我们走吧，六郎。这样没法谈了。和这种人打交道，你会被毁了的。”

“这种人？”

“我们要和更正经的人谈，否则对你一点好处都没有。”

“请等一下，听听唐伞先生本人的意思嘛。”小堺尽管怒不可遏，仍然拼命堆出和蔼的笑容。

“这个，我想没必要听了，对吧？”须和元子征求唐伞的同意。

“这……我得好好考虑下。”唐伞愁眉苦脸地说，“真发生杀人案的确是一个办法，登场人物的生命遭到威胁，这种情节展开或许也很有趣。”

“六郎！”须和元子高声叫道，“说什么呢！你要背叛读者吗？”

唐伞耸了耸肩膀。“……果然还是不行吗？”

“这还用问？”说完，她用猫一样的眼睛怒视小堺。“正是因为你说了奇怪的话，六郎才变得不正常的，不是吗？”

“呃，我只是想给他的创作提供点线索……”

“即便没有你这种人帮忙，六郎也写得出来！一边待着去！”

“一边待着去？”小堺顿时火冒三丈，“你才该一边待着去！”这句话不由自主地脱口而出。

须和元子的动作一下子定住了。她慢慢地打量小堺，眼角吊得更厉害了。“你说什么？”

小堺心里想着“糟糕！得赶紧道歉”，嘴里冒出来的却是：“我说啊，你才该一边待着去！”

“你以为在跟谁说话呢？”须和元子小声说着，站了起来。

小堺也怒目相视，站起身来。“你这女人，别整天跟制片人似的！”

“说什么？你自己才是个无能编辑！”

“什么？无能的是你！有闲工夫对别人的工作多嘴多舌，还是先好好学学怎么化妆吧！化得跟个陪酒女郎似的。”

“还真敢说！你这个骷髅男！”须和元子伸手拿起杯子就把水泼到了小堺身上。

“哇！你干什么?！”小堺也把剩下的咖啡回敬给了她。

“混蛋！”须和元子狂吼着把邻桌的番茄酱抓了过来。小堺根本没有躲避的时间，眨眼工夫他的西装便挂了彩。

“只好给你点颜色瞧瞧！”

小堺用芥末应战，对方则以蛋黄酱还击。周围一片惨叫，但他俩根本无暇顾及。盐、胡椒粉、餐巾纸，他们忘我地把随手抓到的东西扔过去。后来简直乱成了一锅粥，血冲脑门，他们根本不清楚自己在做什么。

等回过神来时，小堺已经被店员反剪住双臂摁在地板上，须和元子则被唐伞按住。她半张脸让芥末染成了黄色，气喘吁吁，却还不忘恶狠狠地瞪着小堺。

唐伞放开她，站起身来。“你们俩都给我适可而止吧！这样叫我怎么下笔！”

小堺恢复了冷静，后悔自己闯下大祸，但为时已晚。“对不起。我是希望唐伞先生您写出优秀的作品……”

“那就别说什么妥协、降低难度啊！”须和元子噘着嘴嚷道。

“说了那是措辞的问题嘛，我建议稍微换个花样而已。像你这样总是把自己的想法强加于人，走投无路也是理所当然的。”

“不可能！对吧，六郎？”

唐伞忏悔没有立即回答女友的询问。他低着头，陷入沉思。

“六郎！”须和元子又烦躁地叫了一遍，“回答我！你要选哪边？是照这个混蛋编辑说的，稍微换个花样，做自己不擅长的事，还是不辜负我们唐伞粉丝的期待，继续走本格不合逻辑推理的王道？”

唐伞表情阴郁，依旧默不作声。小堺倒吸了一口凉气，等待着回答。

终于，唐伞抬起头来。他随后所说的话令小堺哑口无言。

“我哪一边都不选。本格不合逻辑推理，戒了！”这是他的回答。

5

在超市的食品卖场，手机铃声响了。一看来电显示，元子接了起来。“您好，我是元子。”

“我是狮子取。您好您好，请问现在方便吗？”

“没关系。”元子边说边走向店内的角落。

“唐伞先生的新作，我看了一部分。哎呀，实在是太精彩了。”

“是吗？我还没看。”

“作品以明治初期的东京为舞台，讲述了一个曾为忍者的男人化身间谍大展身手的故事。里面既出现了手枪，也出现了飞刀。真是让我大吃一惊，和唐伞先生此前给人的印象相比简直天差地别，根本想不到与《虚无僧侦探早非》出自同一个作者。果然才华出众。”

“听您这么说，我就放心了。非常感谢。”

“要道谢的是我们才对。这应该能成为一本好书。全部都是您的功劳，多亏您那么卖力。要是亮出真相，小堺那个家伙估计会大跌眼镜。”

“请代我向小堺先生道歉。他西装上的番茄酱不知洗下来没有？”

“不必替那个家伙费心。那今后还得请您多多关照了。”

“哪里哪里。”说完，元子挂断电话。

这几周来发生的事，在元子脑海中苏醒过来。

契机是经六郎介绍见前辈作家玉泽义正的时候。在六郎离席的空当，玉泽交给元子一张炙英社狮子取总编的名片。

“你男朋友现在状态不佳吧？”

玉泽的话令元子惊讶不已，因为他一语中的。“您怎么知道？”

“果不其然啊。”玉泽笑了，“他正处于那个时期，谁都经历过。你和这个叫狮子取的人商量商量好了，他一定会帮你出个好主意。不过，这件事要对唐伞保密。”

“明白了。”元子收起名片。

数日之后，她见到了狮子取。此人身材高大，长相冷酷，有点令人生畏，但一交谈才发现是个大好人。

“唐伞先生啊，他太在意读者的感受了。我猜，他老是想‘这样写读者会不高兴吧？读者会离开我吧’之类的。”

元子闻言，如同上次听到玉泽老师的话一样惊讶不已，因为这也正是她的感受。她如实相告，狮子取露出愉快的表情，说：“没错吧？这种情况，我把它称为‘成名作综合征’。新人作家，或者是此前书卖得不好的作家，一旦出了成名作，容易产生怎么都摆脱不了那部作品束缚的倾向。他们会不想放弃千辛万苦获得的读者。尤其是唐伞先生那样当上了类似于本格不合逻辑推理旗手的作家，更是难以摆脱出来。即使他想写点新东西，也会由于不想跳出框架，而总靠耍点小聪明做一星半点的改变就草草收尾。这么做的结果，一是作品的质量没有提升，二是连自己也无法认同，形成恶性循环。”

“那该怎么办呢？”元子问。

“从框架中跳出来。他完全没有必要拘泥于本格不合逻辑推理，当然，如果写截然不同的作品，《虚无僧侦探早非》的粉丝或许会失望。但这有什么关系？唐伞先生很年轻，肯定还要写好几十年。比起今后他将获得的粉丝数量，限定在本格不合逻辑推理的粉丝不过是区区一小撮。”

狮子取的口吻自信满满，听起来相当可靠，说的话也具有说服力，让人深信不疑。元子说：“请您把这番话也说给六郎听听好不好？”狮子取说他也这么考虑过，但得到的答案是“这样不行”。

“这种事情，只能由他自己来发现。只听别人说，作家是不会认同的，因为他们就是那种类型的人。”

“那该怎么办呢？”对于元子的询问，狮子取思考片刻后，想出个好主意。

具体来说，就是用言行把粉丝的任性展示给他。这个粉丝，最好是他身边的人，这样才能提各种各样的要求。只要六郎想写本格不合逻辑推理，坚决不允许他靠要小聪明糊弄了事。即便编辑提出妥协方案，也要让他断然拒绝。到最后，六郎应该也会意识到，如果一味在意粉丝的一言一行，作家根本无法成长。以上就是狮子取的说法。

元子表示赞成。当然，她要出马演“粉丝”这个角色。说得准确些，她本来就是粉丝，所以根本不需要演戏，只要把心中所想说出来就可以了。

往小堺身上泼水和番茄酱也不是演戏，因为她打心底觉得小堺“真是个混蛋编辑”。

唐伞忏悔不写本格不合逻辑推理，其实她一百个不乐意。可是，她必须忍耐。她虽然是唐伞忏悔的粉丝，但比这更重要的是她将成为只野六郎的妻子。

给干这一行的当老婆可很辛苦啊——元子耳边响起玉泽义正的话。

创设文学奖

1

青山正在座位上看校样，双肩突然被人抓住了。回头一看，在书籍出版部时的上司狮子取站在身后。身材高大的狮子取头发理得短短的，额头显得尤为宽阔，脸上堆满了笑容。

“青山，能占用你一点时间吗？有重要的事对你说。”

“哎，现在吗？”

“对，就现在。我在吸烟室等你。”狮子取砰砰地拍了两下青山的肩膀，转身离去。从来都不问别人方不方便，这是狮子取的特色。

青山整理好校样，站起身来。

走向吸烟室的途中，背后传来一个声音，“你也被传唤了吗？”

是前辈编辑小堺。他长得纤细瘦弱，脸色总是不怎么好。

“这么说，小堺先生你也是？”

“嗯。到底有什么事呢？”

可别是什么麻烦事——这几个字明显地写在他的脸上。

两人来到吸烟室，狮子取正神情怡然地吸烟。

“呀，叫你们专门跑一趟，不好意思啊。”他眯起眼睛，呼地吐了个烟圈。

“什么重要的事？”小堺问。

“哎呀，别慌，等我慢慢说嘛。要不要先来一根？”

小堺从狮子取递过来的烟盒里抽出一根烟，点上火抽了几口之后又问：“说吧，什么事？”反正也不是什么好事，他这么想着，依然保持戒备状态。青山心中也是同样的想法。

“你们俩怎么了？别一副严阵以待的样子好不好？本来还想告诉你们一个市场形势大好的喜讯呢。”狮子取意味深长地冷笑道，“这是最高机密，千万别对外人讲。”这番开场白确实令人大吃一惊。

“创设文学奖？我们社？”青山不禁嚷了起来。

“嘘——嘘——嘘——”狮子取把食指按在嘴唇上，“你吆喝什么呀！当然是真的，我干吗说别的社啊。”

“要设置什么奖项呢？”小堺问。

“获奖对象是从年轻人中脱颖而出的中坚作家的娱乐作品。我们的目标是，假如获这个奖，要给大众读者该作家已脱胎换骨、实现进一步飞跃的这种印象。从前我就对社长提过一定要设置这么一个奖项，可他一直没有首肯。前几天他终于点头了。”

看来提议创设文学奖的是狮子取了。眼前仿佛浮现出狮子取在社长那个老好人面前唾沫横飞慷慨陈词的情景。

狮子取从怀中摸出记事本和圆珠笔，刷刷地写下几个字，展示给青山他们——“天川井太郎奖”。字迹难看，写得倒很大。

"哦。"青山不禁脱口而出，"定下来了？"

"不错吧？"狮子取舔着嘴唇说。

从时代小说到推理小说、科幻小说、色情小说、历史小说、商业小说，天川井太郎写过所有题材，是构筑起一个时代的作家，甚至被称为娱乐小说界的二十面相。

"那怎么平衡与其他文学奖的关系呢？"小堺问，"总不至于超越直本奖吧？"

"那当然不可能。"狮子取轻描淡写地说，"用双陆棋来打比方的话，直本奖就是'终点'。即便创设在它之上的奖项，也不会引起热议。咱们社呢，是想把天川井太郎奖定位成直本奖的前哨战，类似于和奥斯卡金像奖相对的金球奖吧。我对社长也说了，要是哪天开始让人在背地里说成前直本奖，那才货真价实呢。当然啦，这话只能放在这儿说。"

"可那种奖项不是已经有好几个了吗？"小堺说，"像刚谈社的吉村文学新人奖和金潮书店的山森长次郎奖。我们怎么与这些奖项区别开呢？"

小堺所说的这两个都是娱乐小说的文学奖。以某种形式实现出道梦想的作家，首先会瞄准吉村文学奖，下一个目标则是山森长次郎奖。不论获了这两个奖项中的哪一个，多数获奖者后来又斩获了直本奖。

狮子取的脸突然阴沉下来，他又叼上一根烟，点上火，对着天花板吞云吐雾。

"问题就在这里。确实，这两个奖项是绊脚石。要是说我们社创设了新的文学奖，外面的人肯定会说三道四，什么模仿刚谈社和金潮书店啦、想从直本奖那里分一杯羹啦，等等。哪怕只是为了不被人家这么说，我们也必须做出点自己的特色来。”

“那该怎么办呢？”小堺再次问。青山也探过身来。

“这个……”狮子取敲着膝盖，“接下来得琢磨琢磨。”

“接下来？”小堺皱起眉头。

“别担心，肯定会想出个好主意来的。总而言之，想告诉你们的就是这件事。其实在创设新文学奖之际，我们成立了项目筹备组，你们也是组员。拜托啦！”

“啊——”青山和小堺不约而同地发出不满的叫声。

“饶了我吧！工作还堆得跟山似的呢。”小堺发牢骚道。

“我也一样。”青山也跟着抱怨。

“烦人！板上钉钉的事，别跟我讨价还价。这对灸英社来说也是关键的一战，能被用到就该感恩戴德了。你们俩接下来就要忙起来喽，有很多事在等着你们。哈哈哈……”狮子取豪爽地笑道。

2

大川端多门比约定时间晚了五分钟左右才现身。见面的地点是位于赤坂的一家一流酒店的茶室。青山和狮子取都起立站在桌旁迎接。

身穿粉色衬衣、外罩白色夹克的大川端让人丝毫看不出来已经七十二岁，他迈着矫健的步伐走了过来。

“老师，您今天能在百忙之中为我们抽出宝贵时间，实在非常感谢。”狮子取毕恭毕敬地寒暄道。

大川端微微点了点头，坐到椅子上。“行了，你们也坐吧。”

二人这才落座，点了饮料。看得出，服务生格外照顾大川端。指定这家店的人就是大川端，估计他平时经常光顾。

他在人才济济的推理界是响当当的权威，著作数量超过三百部，总印数达一亿册。即便如此，他还以每年两到三部的产量发表新作，保持着旺盛的写作欲。

“老师，您的新作我拜读了。哎呀，还是一如既往地精彩啊，我翻书的手根本停不下来。而且最后竟然还来了个惊天大逆转，真是被您耍得团团转！”狮子取语速飞快地滔滔不绝。面对作家时，首先将其最新作品夸得天花乱坠是这位的拿手好戏。

大川端闻言不胜其烦地在脸前摆了摆手。“溜须拍马就不用了，赶紧进入正题吧。别看我这样，其实没多少闲工夫。”

“哦，这样啊。哎呀，非常抱歉。那我就开门见山了。”狮子取干咳了两声继续道，“实际上，我们社决定创设文学奖，这个奖将以一种崭新的理念来评价作者的才能。这次的评委务必恳求大川端老师来担任，无论如何请您接受。”

青山抬眼窥视着这位元老级作家的神色。正在这时，大川端点的奶茶送了过来。老作家煞有介事地慢慢悠悠把砂糖倒进去，用勺子搅拌了几下，喝了一口。

青山他们面前也放着各自的饮料，当然，两人还不能动。

“哼……”大川端从鼻子里发出一声，“你特意找我说有事想拜托我的时候，我就猜了个八九不离十。灸英社要新创设文学奖的小道消息，也传到我耳朵里了。”

“是吗，那这样一来事情简单多了。”

“不过，你刚才说的话和我听来的稍微有点出入呢。”大川端歪着脑袋说。

"怎么个出入法？"

大川端放下茶杯，用锐利的目光看着狮子取。"你说，这个奖将以一种崭新的理念来评价作者的才能，对吧？但是，据我听来的消息，这个奖和吉村新人奖、山长奖一样，都与直本奖相关联。要是那样的话，就没什么所谓的新理念了。说来说去还是之前通用的评价标准。"

青山禁不住想缩脖子——这番话一针见血。不愧在文坛人脉丰富，大川端对背地里的事知道得一清二楚。

"不不，不不不。"狮子取几乎要离开座位似的探出身子，使劲摆手，"不是那样的，那是误解。咦——怎么会传出这样的消息来呢？无凭无据的。"

"消息有误？我倒是觉得可信度相当高。听说灸英社这次创设天井[①]奖，目标是把它打造成对抗吉村新人奖和山长奖的前直本奖呢。"

"胡说八道，没那种事……话说回来，老师，您刚才说什么？天什么奖？"

"天井奖啊。取天川井太郎的天和井，天井奖。我听说是这样的。"

"您听谁说的？"

"是谁来着……"大川端思忖片刻，"大概是金潮书店的广冈吧。和他碰面的时候，聊起文学奖来。"

"老师，是天川奖。跟别人提到的时候，说简称时请您把天川奖三个字说清楚。这非常重要。"

"哼……哎呀，反正哪个都无所谓吧。"

"请千万记住。"狮子取两手按在桌子上，低头恳求，"直本奖姑

①在日语中，"天井"意为"天花板"。

且不说，把这个奖跟吉村新人奖和山长奖混为一谈，我们会很头疼啊。我们是想以独特的视点表彰娱乐类的优秀作品。正因为如此，才恳请大川端老师来担任评委的。请务必接受。”

大川端心不在焉地啜饮红茶，眼睛却望着一直低头恳求的狮子取，突然他苦笑道：“行了，你让我考虑一两天嘛。没问题吧？可以相信你刚才说的话吧？‘想以独特的视点表彰娱乐类的优秀作品。’提前说清楚，我可是对文学性那种奇怪的东西毫不感兴趣。年轻的时候有两次入围了直本奖，他们说我的作品为把推理与科幻融合在一起进行了反复的精雕细琢什么的，不记得是哪个人物擅自解释说我的作品具有什么文学性才推荐入围的。对我来说完全是添麻烦。”

“哎呀，还有这回事啊。当然，我非常理解您。文学性什么的，您干脆无视就好。”狮子取仍低着头说道。

“是吗？这话你可千万别忘了！”大川端喝完奶茶，说句“感谢款待”，扬长而去。

等老作家的身影彻底从茶室消失以后，狮子取才抬起头来，将手伸向咖啡杯。

“搞定！听口气大川端老师应该会接受。了却一桩人事。”

“但是，行不行啊？您说什么可以无视文学性……”

“有什么关系呢！反正入围作品是由我们来决定。不值一提的缺乏文学性的作品，从一开始我们不列入名单就可以了。比起这个，让人来气的是金潮书店的广冈。什么天井奖！竟然给我们的文学奖瞎起怪名！”

“把天川井太郎奖简称为天井奖……不愧是腰封界第一高手广冈先生啊！真够高明的。”

“蠢货，你佩服什么！我知道那家伙的居心。如果咱们的新文学奖受瞩目，受影响最大的就是他们那儿的山长奖。所以在那之前，他想尽可能地败坏咱们这个奖的形象。叫什么天井奖，就是挖空心思地想让咱们这个听起来像抄袭。真是卑鄙无耻！我说青山，回到社里就给所有相关人员发邮件，让大家都知道咱们奖项的叫法。正式名称是天川井太郎奖，简称天川奖。让他们即便弄错了也别叫什么天井奖！”

“明白了。”

“混蛋！真想给他们点颜色瞧瞧。给山长奖起个外号吧？八百长奖①怎么样？”

“这，不太好吧，会升级为公司层面的战争的。”

“果然还是不合适啊。”狮子取喝掉咖啡，皱着脸站起身来，“回去吧。小堺这会儿应该在选入围作品。”

3

《滥杀》青桃鞭十郎

《新律师·超大饭盒·大阪腔》桥本博士

《砖瓦街谍报战术金子》 唐伞忏悔

《满脸皱纹的少年 肌肤紧致的奶奶》古井芜子

《归零家族》腹黑元藏

看到白板上罗列的作品名，狮子取拉下脸来。

---

①八百长奖的日语读法为 Yaochoushou，在日语中，“八百长”意为“故意输掉比赛、骗局”。山长奖的日语读法为 Yamachoushou，两词发音相近。

“这都是些什么啊！就不能再好好筛选筛选？”

“不行吗？”小堺挠了挠头。

“你看，除了《砖瓦街谍报战术》以外，所有的评价都不怎么高啊，也引不起话题。这样看上去，明摆着像设计好了让唐伞先生获奖嘛。”

听狮子取这么一说，小堺脸上露出困惑与为难混杂在一起的表情，青山对他的心情感同身受。唐伞忏悔是炙英社现在下力气最大的作家，既然自己社创设文学奖，想首先让他获得也是理所当然。换句话说，小堺本身是想识趣点的。

可是狮子取说道：“这可不行啊，耍这种低劣的小把戏。如果唐伞先生获奖，我当然也很高兴，但如果做成获奖者提前内定的比赛，就没有意义了。内部的投票结果呢？”

“这里有一览表。”小堺说着递过一份文件。

狮子取迅速地瞥了一眼，跟白板比对了下。“怎么回事？这不是有得票更多的作品吗？比如松木秀树先生的《瞬间击飞》。为什么不把这个放入候选之列？”

“哎呀，这个嘛。”小堺慌忙补充道，“松木先生是今年山长奖得主，所以我们想暂且把他排除掉。您想啊，要是把山长奖得主列为我们的候选之列，不就像在宣传我们的奖项高于山长奖似的吗？因此……”

“蠢货！”狮子取咆哮道，“这是公司一决胜负的关键时刻，还顾忌别的社干什么？就那样吧。大肆宣扬咱们的奖项在山长奖之上也没关系，不用客气！”

“明白了。那就把松木先生的作品放进去……”小堺缩着脖子说。

“还有，清畠和博先生的《压低外角球》不放进去也很奇怪吧？不少人说这是今年娱乐界最大的收获，你看看亚马逊上的评价，全是五星。”

“呃，这部作品当然也有人提议推荐。不过一是清畠先生刚出道没几天，二是在获我们的奖项之前，它应该会先获得很多其他奖，比如吉村新人奖什么的……”

“所以呢？这又怎么样？”

“哎呀，这……这样好吗？考虑一下清畠先生的情况，斩获那些奖项更有助于彰显他的实力吧。”

狮子取闻言气得脸都歪了。“你还真是不开窍啊。我不是说了吗，操这份心没用。反正清畠先生早晚会获直本奖。到时候，之前获的奖都是过眼云烟。获很多奖反而多余，所以，光获个天川奖就够了。”

“哦，是吗？那我把清畠先生的作品也放进去。但那样的话，候选作品是不是太多了？”

“嗯，是啊。”狮子取又看了看白板，“不要《滥杀》了，它是《杀戮无数》那个系列的吧？不适合咱们这个奖。《新律师·超大饭盒·大阪腔》也删掉，这个作者经常在电视上出现，都让人搞不清楚到底是律师还是艺人。咱们这是光荣体面的第一届，还是离曲艺节目远些为好。还有《满脸皱纹的少年 肌肤紧致的奶奶》和《归零家族》对吧？”狮子取略作思忖，说，“留下女作家！”

《砖瓦街谍报战术金子》 唐伞忏悔

《满脸皱纹的少年 肌肤紧致的奶奶》古井芜子

《瞬间击飞》松木秀树

《压低外角球》 清畠和博

“四部有点少吧？”说完狮子取咬着下嘴唇，“但《新律师·超大

饭盒·大阪 管是充数的，但也太赤
裸裸了。怎 料之外的作品啊，就是
那种不怎么 的作品。这样的，有没
有？”

听到这 了沉默。这还用问吗？
青山想。要 荐了。

“这部 “《深海鱼的皮肤呼吸》，
虽然投票数

“啊， 起劲，“实际上，那部
作品读过的 素得可怕的作品。一板
一眼，没有 有意思。”

“原来 与众不同的特色。好，
就是它了！

就这样 皮肤呼吸》被加了进来。

一天晚上，在东京都内某酒店召开文坛相关宴会，青山和狮子取等人也身着西装出现在现场。

在这种宴会上，青山他们出版社的人通常的做法是转来转去，一旦发现有价值的作家就凑上前去打招呼。然而，今晚不同，只要和狮子取在一起，就会有作家主动过来搭话。

“哎哎，我可是听说了呢，你们社也要创设文学奖啦？”身着华丽洋装的资深女作家走了过来，“是叫什么天井奖吧？大家都在说，感觉得了那个奖，才能就到头了呢。”

“老师、老师，错了、错了。不是天井奖，是天川奖！请不要再弄错了！”狮子取拼命纠正，“到底是谁在哪里告诉您叫这个的……”

“哎呀是吗？算了，这种事怎样都无所谓啦。比起这个，我更关心的是怎么没把我的作品选进去呀？”

“哈哈哈哈！”狮子取笑道，“老师，求求您就饶了我吧！我们这个奖充其量也就是以中坚作家的作品为对象的，哪里敢推荐您这种功成名就的大家的作品？”

“哎呀，我都拿自己当中坚作家呢，又没得过什么大奖。好想得一次呀。”

“哈哈哈，您说什么呢！哎呀，不好意思不好意思，回头再向您讨教。”

狮子取倒退着从女作家身旁走开，小声嘀咕道：“倒霉、倒霉。那位老师多半是认真的呢。她趁着推理热成为畅销作家，却从未获过奖，看来这到现在都令她感到自卑。原本我就想着今天跟她碰面的话可不妙。”

“哦……”创设个文学奖，真是有各种各样的操心事呀。青山再次深切体会到。

就在这时，随着一声“喂，狮子取！”，警察小说第一人——玉泽义正出现在他们面前。

“听说你们那儿这次要设立文学奖了？名称叫什么来着……”

“不叫天井奖。”狮子取抢先说。

“天井奖？不不，我听说的可是天丼奖[①]。”

①在日语中，“天丼”意为“大碗炸虾盖饭”。

“天、天、天丼奖？”

“这个奖好像很美味嘛！获了奖，是不是炸虾大碗盖饭随便吃呀？”

“您饶了我吧！这怎么可能？是天川奖，天川井太郎奖！”

“是吗？可大家都说叫天丼奖哪。”

“不会吧？大家指的是谁？”

“大家就是大家喽。比起这个……”玉泽压低了声音，“看来你们对捧红唐伞很有自信嘛！”

“啊？”狮子取瞪大了眼睛，“什么意思？”

“又来了又来了！”玉泽用胳膊肘捅了捅狮子取，“你们打的算盘我可是一清二楚。让唐伞获奖，以此为跳板助他斩获直本奖，对不对？设立新文学奖虽然不能说光为这个，但这也是用途之一。我说得没错吧？”

“不，玉泽先生，您误会啦。我们是出于更加纯粹的想法……”

“别开玩笑了。以你那副肮脏的嘴脸，说什么纯粹的想法，不觉得恶心吗？行啦，收起你的肺腑之言吧！另外提醒你，可别被年轻作家耍得团团转。”玉泽嘭地拍了下狮子取的肩膀，扬长而去。

目送着玉泽远去的背影，青山心中佩服得五体投地。玉泽完美地看穿了灸英社创设新文学奖的目的，不愧是从二十几岁就在这个世界里生存的前辈。

此后又有几位作家和评论家过来跟狮子取打招呼，话题仍旧是创设文学奖的事。不过他们当中每三个人会有一个人称之为“天井奖”，剩下的其他人居然都以为叫“天丼奖”。

“该死！”狮子取呻吟道，“肯定在哪里有个操纵信息的家伙！让我逮住，决不轻饶了他！”

没过多久，最大的嫌疑人——金潮书店的广冈从对面走了过来。

他长着一张文人模样的瘦脸，戴一副金色细框眼镜。

“呀,狮子取先生,好久不见！还好吧？”口气温和是广冈的特征。

“啊，广冈先生，确实好久不见。”再怎么说也是出版界的前辈，连狮子取也措辞谦逊。

“好像引起了各种各样的话题呀，叫天川井太郎奖是吧？灸英社还真是出手不凡哪！”

“呃，哪里。”狮子取露出一副期待落空的表情。估计是因为广冈说出了奖项的正式名称,而只字不提在背地里四处宣扬过“天井奖”和“天丼奖”。看来他是与狮子取截然不同的谋士。

“我看了候选作品名单，真是孤注一掷的阵容啊，没想到你们会从那种地方下手，山森长次郎奖的获奖作家居然也收了进去。”广冈的目光冷静而透彻地一闪，“不过，我也想到或许灸英社还不习惯操作这种事情。”

“没有的事。”狮子取带着从容不迫的表情摇了摇头，“此次我们社创设这个奖项的宗旨，是一概不考虑其他文学奖的事。所以，选入围作品的时候也完全没有调查过哪位作家获过什么奖，连作为负责人的我都不清楚。是吗？此次的入围作品中有山长奖作家的作品啊？很抱歉，我对山长奖不怎么了解。”

广冈苍白的脸颊变得僵硬，好不容易挤出一丝生硬的笑容。“原来是这样。听你这么说我就放心了。既然如此，那我们这边看来也不用担心啦。”

“你指的是……”

“呃，不是别的，是唐伞先生的事。我们社里有传言说近期要把唐伞先生的作品列为山长奖的候选。但考虑到假如他先获天川井太郎奖，那就会难以判断是否适合将其列为候选，毕竟还不清楚天川奖在排序上是位于哪个位置的奖嘛。不过既然排序无所谓，我们就轻松了。无论这次的结果怎么样，我们都能把唐伞先生列为我们社的候选。哎呀，太好了太好了。”说着广冈扶了扶眼镜，脸径自转向旁边，迈步走开了。

“不要紧吗，狮子取先生？感觉似乎与金潮书店为敌了。”青山问。

“哼，那有什么关系！我只是以眼还眼以牙还牙而已。这样要是闹起来，倒是可喜可贺，给咱们的奖作了宣传。”狮子取忽然正色厉声道。

之后没过多久，刚谈社的泽中部长走上前来。此人也和广冈一样，是业界鼎鼎有名的干将。

“我听广冈说了，此次你们新创设的奖项跟以前的排序毫无关系，对吧？听你这么说，我们也放心了。话说，看到你们把《压低外角球》列为候选的时候，我们着实头疼，原打算把它列为我们吉村文学新人奖的候选呢。但既然天川井太郎奖从排序中脱离出去了，也就成了所谓的亚流奖项，那就另当别论了。即便《压低外角球》获奖，我们也能无所顾忌地将它推荐为候选。真是太好了！有你们那种类似番外篇的奖项也不赖，如果全是真刀真枪一次胜负的奖项，让人看着都累。原来你们设的奖项是跟休闲娱乐的表演赛似的，把胜负放在第二位呀。嗯，挺好的嘛！不错，不错！”

泽中自顾自喋喋不休地说了一通后，留下一串无敌的笑声，嘭嘭拍了两下狮子取的后背，扬长而去。

青山提心吊胆地望向狮子取——他面无表情。被羞辱成那样，竟然丝毫不为所动，真了不起！刚这么想，但就在下一个瞬间，青山看见他气得七窍冒烟，两只攥紧的拳头也在颤抖。

“混蛋！狗屁亚流！狗屁番外篇！狗屁表演赛！”狮子取发出来

自地狱深处般的吼声，又厉声喝道，“青山！上刀山下火海也要把天川奖办成功，明不明白?！”

慑于这般威势，青山弱弱地回答道：“是。”

5

十月，对于灸英社而言值得纪念的日子终于来临。第一届天川井太郎奖评选会召开，会场选在了日本桥的一家料亭[①]内。

青山和小堺一起在附近的咖啡馆待命。记者见面会定好了在银座的某酒店举行。

“究竟会怎么样呢？完全无法预料啊。”小堺一边往烟灰缸里弹烟灰一边说。

“狮子取先生一副包在他身上的架势。”青山说。今天评选会的主持人由狮子取担任。

“他说会递话进去让唐伞先生获奖，对不对？我跟你说，没用。狮子取先生再怎么努力，也不可能掌控评委。那些人，既没有什么企图也不打什么算盘，他们只会推荐自己喜欢的作品。相应地，也就不会轻易改变意见。”

“这样啊？那好像是很困难呢。”

“但并不是说唐伞先生就没有机会了。只是评委不会受狮子取先生的诱导而已。依我看，唐伞先生有受那伙人青睐的可能。”

“要是那样的话，再好不过了。对于唐伞先生而言，应该也是鲤

①料亭为高级日本料理餐厅，以传统日式建筑为主，价格昂贵。

鱼跳龙门的良机。”

“不过也可能被其他出版社泼冷水，说是获奖者提前内定的比赛。”

“假如获奖者不是唐伞先生，会是谁呢？”

听了青山的疑问，小堺抱起胳膊。“如果不是唐伞先生，从我们的角度来说当然希望清畠先生获奖了。虽然他已经凭借这次的《压低外角球》一炮走红，我们社还没有向他约过稿呢。要是他获奖，很多工作就容易委托了。”

不愧是实践型的编辑，早早地考虑到了将来的事。

“松木秀树先生怎么样？”

“当然，他获奖也不错。”小堺打了个响指，“毕竟眼下势头正猛，甚至有传言说他稳拿下次的直本奖。在那之前获奖的话，既算提前祝贺预热气氛，也能顺便提升天川奖的知名度。”

“剩下的两个人怎么样？”

“剩下的……是啊。”小堺的嘴歪成了“へ”形，“一个是只有宅男才热衷的少女幻想类小说，另一个是没一点名气的老作家的朴素作品。不管他们哪个获奖，对我们都是很大的打击，没有任何好处，创设这个奖项的原因会令人完全搞不清楚。我们还预订了盛大的颁奖晚宴呢，只能祈祷千万别出现这种状况了。”

听了前辈的话，青山再次痛感创设文学奖是一件劳心又劳力的事，需要相当充分的心理准备。

就这样等了一个多小时，小堺的手机响起来——比预想的还早。

“你好，我是小堺……啊，好的……哎？真的吗？……嗯，啊，明白了。”挂断电话后，小堺片刻恍然若失，盯着手机出神。

“怎么了？结果出来了吧？”青山问。

“说是深海鱼。”

“哎？”

“《深海鱼的皮肤呼吸》。我们都不怎么知道的作家的、不能引起任何话题的书。”小塀把手机放进内袋，无力地摇了摇头，“好不容易创设个文学奖，居然是这个结果。天川奖估计也就到此为止了。”

6

“真是无语了，我做梦都没想到会发展成那种局面，竟然全场一致！大川端老师等人，自始至终都是一条直线，基本没进行讨论。我再三询问难道没有第二部供考虑的作品？但还是没能逆转局势。获奖作品就那么有意思吗？看来必须得读读看。混蛋！所有的计划都打乱了！”狮子取走出会场，像个吃了败仗的专业棒球教练似的面带惨兮兮的表情，一个劲地发牢骚。

第一届天川井太郎奖的获奖作品《深海鱼的皮肤呼吸》，出自名叫大凡均一的作家之手。据说，数年前，他以作品《辐射线路的杀意》获得一个小小的新人奖，自此出道。后来，他于两年前从供职的市政府退休，专职写作。著作包括《深海鱼的皮肤呼吸》在内共六部，全都由一些小出版社出版。但此前青山从未听说过哪部出过名，恐怕也就印了个几千册而已，这些书没有一部是灸英社出的。

听负责通知获奖事宜的小塀说，大凡均一“也没有表现出特别感激的样子”。

“我说‘恭喜您’，对方竟然只说了句‘啊，是吗’，似乎一点都不激动。唉，可能也在情理之中。毕竟咱们这个奖项刚创设，完全没有知名度嘛，大概获了奖也不兴奋吧。评委也是，就不能稍微识趣点？获奖者可是近六十的人啦！咱们这奖项刚创设，他们评选的时候再起劲点就好了。”小堺也和狮子取一样不死心。

大凡均一的住所位于埼玉县川口市。为了赶上九点钟的记者见面会，青山乘坐包租汽车前往迎接。

目的地是栋小巧舒适的日式房屋，一看就是市政府职员建的。门牌上写着“大凡”二字，看来作家用的是本名。青山按响了玄关的对讲机。

“你好。”那头传来一个男声。

“我是灸英社的，来接您了。”

“好的，请稍等。”

不一会儿，玄关的门开了，出现一个六十来岁的矮个男人。他整整齐齐地打着领带，身穿西装，说：“请进。”

青山走了进去。刚踏进屋内，便隐约闻到一股线香的味道。“我是灸英社的青山，恭喜您。”青山拿出名片。

“我是大凡，非常感谢。麻烦你专门到寒舍来，实在过意不去。”对方口气平淡，脸上也看不出多少喜悦之色。

大凡也递来名片，上面没有任何头衔。因为是职业作家，没有头衔也可以理解。不久之前还是公务员的人，如今带着没有任何头衔的名片，不知道是怎样的心情。青山暗想。

“那么大凡先生，我这就带您去会场吧。”

“呃，那个，请稍等一下……其实，我妻子说她也想出席，可以吗？”

“尊夫人吗？嗯，当然没问题了。”

“是吗？那我去叫她。”大凡消失在了里间。

青山不经意地环顾室内。墙上的污渍和柱子上的伤痕都在诉说着这栋房子的使用年限。

年代久远的鞋柜上，装饰着一个小小的奖杯。看到台座上雕刻的文字，青山不禁大吃一惊。上面写着“第一届新世纪推理文学奖辐射线路的杀意 大凡均一先生”。

新世纪推理文学奖——如今已不存在，好像第二届还是第三届就偃旗息鼓了。然而，大凡至今依然将那时所获的奖杯视若珍宝。

就在这时，里面传来说话声。

“你快一点，还让出版社的先生在外面等着呢。”是大凡的声音。

“可是，唯独这个不能不安置好呀，往佛龛上供……”一个女人回答，估计是大凡的妻子，“毕竟终于实现了你的宏大梦想嘛。”

青山大吃一惊。刚才闻到线香的味道，原来是在向祖先报告获奖的消息。

对面的拉门上映出两个人影，应该是大凡夫妇。两人并肩而立。

青山偷偷窥视里间的情形。

两个人影忽然合二为一。他们谁都没有说话，但无疑紧紧拥在了一起。

青山不由自主地把头缩了回来，转身朝玄关大门走去。

小堺误解了。接到通知的时候，大凡的确没有在声音里表现出喜悦之情，但绝非因为他不兴奋，而是无法涌出实感。这也正说明了他是多么激动。

没过多久，只听大凡说了声“让您久等了”。青山回过头来。

大凡身后站着一位身穿和服的女士，盘着美丽的发髻，化着与年龄相符的优雅妆容，眼睛处还看得出泪痕。

“恭喜了。”青山向女士深深地俯首鞠躬。

“谢谢。”她小声回答。

“与您同行的只有夫人吗？令郎……”

大凡闻言轻轻摇了摇头。“我们没有孩子。生不了……”

“啊，是吗？”问了个尴尬的问题，青山后悔不迭。

“一直是我们两个人过到现在。”大凡看了一眼妻子，“书卖不出去却能坚持到今天，多亏了我妻子。两年前我从市政府离职的时候，也是跟妻子商量后决定的。今晚证明了当时的决定没有错。”

青山点点头，又说了一遍“真是恭喜您了”。

走出家门，青山朝包租汽车的司机递了个眼色。司机麻利地打开车门，将夫人和大凡依次引导上了车。

青山坐进副驾驶席，系好安全带。这时，他瞥了一眼后座。

半老夫妇拘束地拉着手。

青山看向前方，心想，这件事也一定要向狮子取和小堺报告。

无论出于何种原委和意图创设，文学奖对于作家而言都是特别的。即便有作家把获奖当作毕生的最高奖励，也没有什么不可思议。那对于他们而言，绝对无法忘怀。

我要好好守护这个奖项，让它成为众多作家奋斗的目标——青山在心中立下誓言。

推理小说专刊

1

被神田叫去他座位那儿的时候，青山隐约有种不祥的预感。因为神田的声音带点讨好的意思。要是他说有事相求，可得提高警惕。以前初中生来社里参观，青山就被硬派去当过向导，吃尽了苦头。

“请问有什么事？”站到神田的办公桌旁，青山问。

“哎呀，其实呢，”神田脸上露出和蔼的笑容，“我有事相求。”

张嘴就是这个。“哎——”青山不由得扭歪了脸，“什么事？”

“别摆出一副老大不情愿的样子好不好？我遇到点麻烦事。”

“不会又让我对付初中生吧？”

“不，完全不是。是下期推理专刊的事。”

“什么？”

青山转为认真倾听的态度。他隶属于灸英社《小说灸英》编辑部,神田是总编。下一期的《小说灸英》决定做成短篇推理小说专刊，已经向十位作家约了稿。因为想十个人十种风格，所以在选人的时候特别注意了体裁不重复。简单来说，虽然都是推理小说，但也分各种体裁。

“是这么回事，听说长良川老师因为胃溃疡住院了。那位老师太爱喝酒啦。”

“那还真糟糕呀。”

事情一清二楚了。长良川长良是代表本格推理小说界的作家，原本他在这次的专刊中也是压台人物之一。

“对吧？所以十万火急呀，必须找到代替他的作家，但我没想到合适的人选。”

“事到如今再找是挺困难的。”青山抱起胳膊。离截稿日期还有不到两周。

“资深作家不用说，即便是中坚作家，有点成绩的人也没指望。说起来，我还要列列已经过气的作家的名字。”

“那个人怎么样？前一段时间获天川井太郎奖的大凡均一先生。那位的话，我觉得也能写本格推理小说。对读者来说，应该也很新鲜吧。”

“不行啊。你忘了吗？大凡先生已经被安排在这十人当中了。”

“啊，是吗？”青山翻开记事本，上面记录着这次专刊约稿的作家的名字，大凡均一的确名列其中。“还真是。”

“大凡先生说想借此机会挑战下未曾尝试过的体裁，所以把他从本格的备选作家中剔除出去了，不是吗？”

“这么说来确实是。大凡先生如果不行的话……”青山再次查看记事本，“这时候去打招呼的话，也就是年轻作家了吧？”

"我也是那么想的，于是试着给之前建立起关系的几位新作家打去了电话，谁知他们全都回绝，说现在下手根本赶不出来。另外，他们也有其他约稿快到期了。看来大家还是都向备受瞩目的新人约稿啊。"

青山点点头。"本格系的作家原本写东西就慢。"

"倒不如说，本格就是花工夫。真让人头疼啊！出一期推理小说专刊，要是没有本格推理小说，那不是太可笑了吗？必须想个办法才行！"

神田说得没错。这简直像不放金枪鱼的寿司店。

"那您看这样好不好？让完全以写其他体裁出道的年轻作家试着写本格，说不定意外可行。"

然而神田"唔"了一声，露出不乐意的表情。"这个怎么说呢，本格推理小说很特殊，和其他的体裁不同。感觉不可能轻轻松松地写出来。"

"可是现在没有别的办法了。不早点打招呼的话，时间眼看又要过去了。"

"你说得也是。"神田皱起眉头，仰头望了一会儿天花板，说声"好"，点了点头，"采纳这个方案！找谁写就交给你了。"

"好的。"青山一边回答，一边心想又惹上麻烦事了。但他也不好拒绝，谁让神田是上司呢。

"大体上就是这些了。"说着小堺递过来一张笔记用纸。

青山接过来，确认了下内容。上面列着五个人的名字。"非常感谢。"他首先向前辈道谢。

"都不是什么了不起的角色，不好意思，毕竟离截稿日期没有多长时间了。要是有一个月的话，我想能凑出更像样点的班子。”

“没有没有，给你出了个难题，不好意思。帮我大忙了！我会试着按顺序拜托这五位的。”

求谁来补上推理小说专刊那个空缺，年纪轻轻的青山拿不定主意。畅销作家和备受瞩目的作家他倒是十分熟悉，但要说能接受这种无理安排的，也就是书卖得不怎么好的作家，他一个都不认识。于是，他找到在书籍出版部工作时的前辈小堺商量。

“但是，这些人写得怎么样我可不敢保证，毕竟他们没写过本格，或许连读都没读过。”

“总之我先碰碰运气吧，说不定能挖出宝贝来呢。”

“呃，别期望太高了。尤其是第五个人，要格外当心。他本人好像自以为写的是硬汉派小说，但其实都不值一提。”

“是吗？”到底是什么小说呢？青山反而在意起来。

回到座位，青山决定立刻打电话。记在纸上的这五位作家，青山知道他们的名字，却几乎没读过他们的作品。但他必须蒙混过关，推进工作。想来这项任务实施起来会让他紧张兮兮。

然而实际上根本没工夫紧张。因为他只说了句“想请您写本格推理小说”，就被一口回绝了。

“让我写本格推理小说？明显是强人所难嘛。我就是因为想不出诡计，才写心理恐怖小说的。对不起啊。”

“抱歉，我讨厌本格推理。密室啦不在场证明啦，这种注重细节的东西不适合我的性格。你问问别人吧。”

“不好意思，我想写表现人性的剧本，诡计放在其次。”

“感谢您特意打电话过来。但非常抱歉，我不认为自己是推理小说家，更不用说写本格推理了。”

遭到四个人拒绝，眨眼之间选项锐减，只剩下最后一个。

这个人也没有希望吧——青山看着名字查找电话号码。热海圭介，获灸英社新人奖后出道，获奖作品为《击铁之诗》，青山没有读过。

但愿他会接受啊——青山带着近乎祈祷的心情拨通了电话。

2

离约定的时间还有五分钟，热海圭介已坐在咖啡馆靠里的座位上了。他正在看书。如同在照片上看到的那样，这是个毛发有些浓密、让人感觉挺闷的人。青山记得似乎在晚宴会场见过他。

青山赶紧走上前去打招呼。虽然没有迟到，他还是致歉道："不好意思，我来晚了。"

"没有。"说着，热海慌里慌张地打算合上书。但可能由于手忙脚乱，书吧嗒一声掉到了地板上，印有出版社名的封面露了出来。青山瞥见了书名。

"哎呀。"热海赶紧拾起来，塞进身旁的袋子里。那个袋子上也印有出版社的名称，看来这本书刚买没多久。

青山拿出名片自我介绍。女服务员随即走了过来，他点了咖啡。

"呃，那个……"青山的声音有些沙哑，他干咳了两声后继续说，"就是在电话中说的事，您可以接受吗？嗯……也就是写本格推理小说。"

热海点点头，端起咖啡杯。"当然没问题，我写。不就是本格推理小说嘛。"不知道是不是心理作用，他的声音听上去在颤抖。

"听您这么说我就放心了。给您出这么个难题，非常过意不去。"

“不过，那个，怎么说呢……青山先生你能具体说说想要什么样的作品吗？比如说舞台、登场人物，还有那个……”热海舔了舔嘴唇，“诡计等。”

青山注视着对方的脸，眨了下眼睛。“什么样的？”

“呃，没有的话就算了。如果有什么要求我想先听一听。我不希望等写完了，你们才说想要的不是这种东西。”

“啊，怎么会。”青山摆摆手，“不会有这种事的，您尽情发挥好了。”

“是吗？既然如此，那我可就尽情发挥了。”

“没问题。期待看到您的大作。”

在详细说明原稿页数和接下来的写作进度等事宜之后，青山说句“那接下来就拜托您了”，拿起了账单。就在这时。

“密室也可以吧？”热海咕哝了一句。

“什么？”青山反问。

“哎呀，”说着热海环顾四周，压低声音继续道，“密室也可以吧？本格推理小说嘛。”

青山瞬间慌了神，因为他完全听不懂热海在说什么。但稍作考虑后，他反应过来了。

“您是说想挑战一下密室？”他慎重地问。

“这不是本格吗？”热海毫无自信地回答。

青山重新坐回椅子上。“密室诡计确实能称为本格推理小说的王道，但本格并不仅限于此。而且密室杀人至今已被写过很多了，奇思妙想可以说已经出尽。我觉得，第一次写本格的人用这个手法有点危险，还是考虑其他的谜团比较好。对专业人士说这种话，非常冒昧……”

热海眨了几下眼睛。“其他谜团……不要密室？”

“当然了，要是此前没用过的令人耳目一新的密室诡计，没有任何问题。”

热海的视线仿佛徘徊于虚空之中，那副表情不禁让人联想到迷路的小狗。

“那个……”青山说，“如果实在对本格不感兴趣，不用勉强……”

“哎？”热海睁大眼睛，激动地摇摇头，“不，不不不不，没那回事。你说什么啊，要是不起劲的话一开始我就拒绝啦。不是那样的，是脑子里的想法太多，我在犹豫写哪个好。没关系，没关系。”最后，他又“哈哈哈哈”地笑了几声。

“那拜托您没问题喽？”

“当然。包在我身上吧！”

“那就等您的原稿了。”

与热海分别后，青山走出咖啡馆，只觉心中一团乌云扩散开来。交给那位作家真的不要紧吗？可是现在已经无可挽回了。

读热海的代表作《击铁之诗》，是在打完约稿电话之后。青山觉得，在进行详细的协商之前，不读个一两本欠妥。

书的腰封自上而下印着“新人奖获奖作品”几个字和“正统硬汉派巨著”的宣传语。不用说，青山满怀期待地读起来。

然而，读着读着，汗珠从额头渗了出来，与此同时，鸡皮疙瘩也起来了。

很遗憾，青山并非被作品所打动，他一是震惊于如今竟然还有人写这种老套做作的硬汉派小说，二是也为这种书由自己所属的出版社出版而感到汗颜。

不，“老套做作的硬汉派小说”这种叫法不准确，这听起来像瞧不起古典。将“老套”一词去掉，“做作的硬汉派小说”，不，或许“做作的仿硬汉派小说”这种叫法比较妥当。比如叙事部分尽管比喻很多，但都不能说非常贴切。“像潜水艇的螺旋桨般一圈圈地搅拌着伏特加汤力中的冰块”这种句子都出来了。而且，无论是故事情节还是登场人物，全部毫无真实感。其中作为主角的刑警不但从美军那里偷到一架军用直升机，还攻入了敌方的地下活动指挥所。读着这样的场面描写，青山不由得悲从中来，这种作品凭什么能获新人奖？他完全无法理解。

“当时评委不知道哪根筋搭错了。”对于青山的疑问，小塄这样回答，“好像是备选作品全都很烂，所以他们破罐子破摔选了部最不像样的。”

青山大伤脑筋，天底下竟有这种事！尽管如此，小塄为什么要把这种作家加到名单里去？虽然知道错在自己给热海打电话之前没有读读作品，但一句牢骚也不发根本无法忍受。结果小塄镇静自如地回答：“我实在想不到其他人了。况且，不是告诉过你要格外小心他嘛。”

到底行不行啊，那个作家写得出来吗？青山再次担心起来。看他一心拘泥于密室，莫不是说起本格推理小说，他只知道密室这一种诡计？

热海圭介在咖啡馆中看到的书名再次浮现在眼前——《推理小说的写作方法》。

3

盘腿坐在电脑前的热海骨碌一下躺倒，长叹一口气。他的脑子已经疲惫不堪，屏幕上却依旧空空如也。原本他试着写了几行，但写不下去又都删掉了。这样反反复复了多次。

不行，写不出来——

他挠了挠头，干瞪着天花板，可就是想不出好点子来。

还是应该拒绝的。后悔的念头冒出来，他拼命压下。现在说这话为时已晚，而且，应承下来也是因为有迫不得已的苦衷。

所谓苦衷，说直白点就是钱的问题。存款用光了，购物也花了不少钱，欠了外债。

数月前，热海失恋了。对方是位女编辑。因为对方言行举止间表现得似乎有意，于是他求了婚，谁知其实人家已经结婚了。恐怕是想要我的原稿才频送秋波，热海现在如此解释。可气的是，他狠心欠债买下来的东西，是打算求婚时送出去的钻戒。由于背面刻了对方的名字，都无法卖给当铺。

因为这个打击，热海很长时间干什么都心不在焉，工作也提不起精神。结果，在拒绝了偶尔才有的约稿请求之后，不久哪里也不再来活儿，理所当然地也就没有收入。正在他一筹莫展之际，这次的约稿从天而降。

听到本格推理小说时，说实话，他慌了手脚，或者可以说心生胆怯。

对他而言，那完全是个未知的领域。不用说，他倒是知道存在那种小说派别，并且拥有相当多的粉丝。但是，他认为与自己无关，至今从未涉足。

不过，热海也并非没读过本格推理小说。只是读到最后，他一次都没觉得有趣。说得更准确些，多数情况下他根本没能把握故事。即便结尾会有类似解谜的情节，但由于无法理解内容，留在他脑子里的也只有插图而已。

然而事态紧迫。如今这种状况下被约短篇实在难得。虽离截稿日期时间所剩不多，但热海转念一想这未尝不是一种幸运，杂志很快就出版，意味着稿费也能早早到账。

无论如何也要搞定。我是职业作家，别人写得了，不可能我写不了——青山打来约稿电话时，有那么短短几秒，这样的念头在热海的脑子里盘旋。“请让我来写吧！”等回过神来时,他已经这么回答。可是挂断电话后，热海再次焦躁起来。本格推理小说怎么下笔才好，他完全摸不着头脑。

苦恼了一段时间以后，热海最终在与青山碰面之前冲进了书店。他在那儿发现了一本书，那本书简直光芒四射，似乎可以拯救现在的热海。书名一针见血——《推理小说的写作方法》，由日本推理作家协会编著。内容是披露协会所属五十位作家的创作方法，其中不乏在本格推理小说领域鼎鼎有名的作家。

打开书，“前言”首先映入眼帘，日本推理作家协会理事长玉泽义正如此写道：

“本书不仅对将来立志成为职业作家的人有益，对我们这种已从事写作行业的人也相当有用、有效。我自己就重新学到许多。在此，非常自豪地向诸位推荐。”

哇！热海心中感激不尽。警察小说第一人都这样断言了，还会靠不住?!

然而……

读了几页以后，热海发现这本书根本一点用都没有。比如，这次给了热海填补空缺机会的长良川长良是本格推理小说界的名家，他在本书中以《实例·从灵感到作品》为题展开论述，但读过便知毫无参考价值。他甚至不惜向读者爆料自己的创作过程，确实很亲切，但至于最关键的开端——如何想出诡计的，却只写道“泡澡的时候灵光乍现”。

按他所说，应该可以理解为“诡计绝对不是对着书桌长嗟短叹出来的，而是脱离工作的时候毫无预兆地飞来的”。

从热海的角度，只能愕然。我想要的是构思出诡计的秘技！说什么“飞来”根本让人不知所措。

本书当中，长良川长良的朋友——被称为新本格推理小说开拓者的系辻竹人也以《诡计的设置方法》为题回应了采访。谁知内容更加过分，开篇一上来采访记者就问：

“此次想请您谈谈诡计的设置方法这个主题，如此一来谁都可以构思出了不起的诡计——能不能请您告诉大家达到这种目标的诀窍呢？”

热海手里捧着书，不由自主地探出身子。没错，就是它！我想知道的正是这个……

然而，对此系辻竹人是这样回答的：

“要是有那样的窍门，我也想知道（笑）。”

“这算什么玩意儿！”热海禁不住叫出声来。

系辻竹人的言论还有其他几处。对于采访者的问题“您对立志当作家的人有没有什么建议？”，他是这样回答的：

“我认为，最好不要太寄希望于《推理小说的写法》这类告知诀窍的书。”

读到这句，热海更加火冒三丈。既然知道没用，还出版这样的书?！热海简直有种遭诈骗的感觉。他想，别看我还没加入日本推理作家协会，就算他们请我加入我都不干！混蛋，玉泽义正这家伙……

说归说，现在不是为这种事动怒的时候。绞尽脑汁也得把本格推理小说——不，类似于本格推理小说的玩意儿也行——炮制出来。说起本格，就是密室，必须想出个密室诡计。尽管青山说不用密室也可以，但除了这个还能有什么呢？想这个问题反而更难。

热海起身再次来到电脑前时，手机响了。接起来一听，是青山打来的。

4

“擅自提这种要求，非常抱歉。”在咖啡馆一碰面，青山就低头致歉。

“呃，到底是怎么回事？”热海问，“我没太明白。”

“嗯，就像在电话中说过的，热海先生您依照自己的喜好尽情发挥就可以。”

“你的意思是不写本格推理小说也行？”

“是的。”

“哦……为什么又改了呢？你之前可是说想做推理小说专刊，但没有能写本格推理小说的人，很为难。”

“唉，这个……”青山的脸皱成一团，“有人来苦苦哀求。”

“哎？怎么回事？”

“实际上，”说完青山把食指按在嘴唇上，“这个要保密。”

“嗯。”热海探出身子。似乎下文很有意思。

“您知道大凡均一先生吧？前几天获天川井太郎奖的那位。”

“啊，写《深海鱼的皮肤呼吸》的那个人吧？”热海的声音中夹杂着不快。关于这个奖项，热海有话想说——为什么不把自己的作品列为备选？不过现在这种事无所谓了。“你是说那个人来苦苦哀求？”

“对呀。”青山撇了撇嘴，“第一次跟他谈起要出推理小说专刊的时候，他说自己想挑战与此前截然不同的类型，可这会儿又打电话来说果然不行……”

“大凡先生到底要挑战什么类型呢？”

“哎呀，就是，那个……”青山挠了挠头。

“我明白了。”热海打了个响指，“不会是硬汉派小说吧？”

“啊，哎呀，那个……”

“我猜对了吧？”

“嗯，差不多吧……”

“啊！”热海张大了嘴巴，“那不行！虽然我不是很清楚，但大凡先生一直在写本格推理小说吧？那种人可应付不来硬汉派小说，他写不了呀。这件事你们也有责任，怎么能委托外行写什么硬汉派小说呢？”

“我们会彻底反省的。”青山再次深深地低下头。

“所以呢？为什么会连累我？”

“随后我就问大凡先生‘既然如此，那您可以写什么样的推理小说呢’，结果，他答复说‘本格推理小说的话，现在就能下笔’。”

“啊。”热海慢悠悠地抱起胳膊，“也就是说，你们决定本格推理小说由大凡先生来写，热海圭介则代替他来写硬汉派小说，是不是这么回事？”

“不是不是。”青山摆摆手，“不是硬汉派小说也没关系。就像我第一次说的，您尽情发挥就好。”

“哦……”热海往咖啡杯里倒入牛奶，用汤匙悠然搅拌着，“是吗？原来已经不需要本格推理了呀？那真可惜，我还特意想了很多点子。”

“啊，莫非您已经开始写了？”

“那倒没有，只是基本上构思好了。准备到那一步，就花了很多时间哪。我觉得是个很了不起的诡计，说不定连本格推理作家读后也会大吃一惊呢！”说完他喝了口咖啡。

“既然您这么说，”青山试探性地抬眼看着热海，“把那部作品写出来也可以……”

热海倒吸了一口凉气。突如其来的建议让他呛到了。

“不，我还是放弃吧。”他故作镇静地回答，“既然有其他人写本格，派别重复就不好了，我还是写硬汉派小说。这样可以吧？”

“嗯，当然没问题。”

“那就这么说定了。”热海站起身来。

走出咖啡馆，确认看不到青山的身影之后，热海高举双手做了个胜利的姿势。

5

转过大楼的拐角之后，青山掏出手机。他往公司打去电话，对方立刻接了。

“我是青山，事情顺利搞定了。”

“热海先生同意了？”神田确认道。

“当然。跟预想的一样，看他那表情，我们是雪中送炭了。”

“我们也解脱了。那个人写出来的本格会是什么东西，我倒是想读读看。不过在别的杂志上看就好了。一想到刊登在我们杂志的版面上，我后背都发凉。你跟他说写什么了吗？”

“看他本人的意思，似乎打算写硬汉派小说。”

“果不其然。算了，就那样吧。不管他打算写什么，估计都跟此前的作品是同一种类型。我们这边要做的事情没变。你应该没对他说大凡先生起初想写什么类型的推理小说吧？”

“当然没说，我模棱两可地糊弄过去了。”

“那就好，接下来再联系下大凡先生吧。”

“好的。”

青山挂断电话后，又开始拨打大凡均一的号码。

“……因为这个缘故，就拜托大凡先生您来写本格推理小说了。可以吧？”青山朝气蓬勃的声音从电话中传来。

大凡均一站在地上握着话筒，低下头。“这次非常抱歉。我痛切地认识到自己不够熟练，今后一定会杜绝此类事情的发生。以后还望您多多关照。”

“不不，您不用这么耿耿于怀。多亏您说得早，我们很幸运地找到了代替您的人。”

“那个，请问是哪一位呢？我想跟他道声歉，并说句谢谢。”

“呃，我认为没有这个必要。写稿本来就是作家的工作嘛。”

“是吗？好吧，反正哪一位替我写的，读读下一期的《小说灸英》就知道了。”

“没错，那就请您亲眼确认一下吧。”

“好的。不过，挑战新的类型还真是挺难的呢。”

“有那么困难吗？”

“很困难，反正我觉得不适合自己。能写那种类型——幽默推理小说的人，到底是何方神圣呢？”大凡一边说一边思索，“下一期的《小说灸英》上会刊登什么样的幽默推理小说，我从现在起可就盼着了。”

听了这番话，青山不知为何“唔”地呻吟了一声。

“比起幽默推理小说，或许叫搞笑小说更贴切。那位老师写的东西，大致就给人以那种感觉。”

“是吗？不管怎么说，我想都会令我受益匪浅的。”

“呃，我觉得还是不要参考为好。”青山说了这句意味深长的话之后，说声“那就拜托您了”，挂断了电话。

大凡放下听筒，坐到沙发上。他的妻子在一旁沏茶。

“好不容易终于搞定了吧？”她把茶碗放到大凡面前。

“好不容易呀。”大凡端着茶碗，小啜一口，“真是帮了我大忙。”

“今后可别再逞强了，不能接自己干不了的工作。”

“是啊。”大凡叹了口气，“不过，我原以为写得出来呢，幽默推理小说。”

“还特意买了那种书。”妻子苦笑道，“真像个傻瓜。”

“谁说不是呢，彻底被日本推理作家协会给骗了。”大凡拿起丢在一旁的书。

书名是《推理小说的写作方法》。[①]

---

①本作中出现的“日本推理作家协会”与实际存在的日本推理作家协会无关。与本作中的《推理小说的写作方法》一书不同，日本推理作家协会编著的《推理的写作方法》（幻冬舍出版）若由立志成为推理作家的人士阅读，确实会受益良多。——作者注

引退宣言

1

好久没走这条路了，神田在心中感慨。直到几年前，虽然不算那么频繁，他还是隔段时间就走一趟的。

他是传统型的编辑。即便销量不怎么好，能够将自己钟情的作家的原稿做成书也能令他欣喜万分。他喜欢与那位作家多次交流、而后决定做成何种小说时斗志昂扬的感觉。首次读到基于先前的交流写成的原稿时那种期待感，阅读过程中那种紧张感，皆令他无法自持。读罢他会向作家献上最高的敬意，不过，并非只是陶醉沉迷。为进一步提升作品的质量，作为编辑有时还需要向作家提出建议。那种时候，使命感则支配他的所思所想。

多次往返这条路，正是过着那种充实的编辑生活的时候。如今，神田已经不用这种方式工作了，也不再对部下发号施令，他只是把自己从上司那儿领到的任务原原本本地传达给部下。

“只要是畅销作家写的东西，不管三七二十一，统统拿来！”

基本上就这一点要求。除此以外，没有其他方针。

想想真是荒唐。畅销作家的原稿，当然哪家出版社都希望弄到手。要是能只把这种原稿做成书，没有比这更轻松的买卖了。

然而实际上，畅销作家不过寥寥数人，就连能盈利的作家也没有多少。数量如此之少的作家，还要被多家出版社竞相争夺。

按理说，出版社应该将尚没有名气的作家培养成知名作家，或者说应该多作宣传好让他们的名字广为人知。过去是这么做，才培养出畅销作家来的。请没有名气的作家写稿，其实是一种投资。

可是，如今有余裕这样做的出版社少之又少了。大部分出版社都在等着其他社培养出新的红人，神田所在的灸英社也是如此。记不清楚是几年以前了，上面就下达过指示：“不要再向没有希望出名的作家约稿！”遵照这条指示，他只得抛弃了好几位打过交道的作家。

神田在一栋日式房屋前停住脚步。

许久没有穿过这个玄关了，以前他总是抱着“投资”的念头来到这里。这次一定要写出一部畅销小说来啊——他每次都这样祈祷着走进去。

门牌上写着“寒川心五郎”。

这是神田最先抛弃的作家。

2

“哎呀，让你专门跑一趟实在抱歉。原来也想在外面见见来着，但周围吵吵嚷嚷的总是静不下心来，而且我也讨厌别人听到咱们谈话的内容。”

坐到沙发上的寒川看起来似乎比以前胖了点，头发好像变稀了。他身上穿着过时的毛衣，这一点倒是和以前没有变化。

“久未问候，一点薄礼不成敬意。”神田递上纸袋，里面是在车站附近的日式点心店买的羊羹。

“呀，真不好意思。最近都没在你那儿做什么工作，不用这么破费的。”寒川一边欢天喜地地收下一边说。

这话在神田听来五味杂陈，他猜寒川可能在讽刺灸英社没有跟他约稿。

“那是什么时候来着，你对我说过，‘我绝对没有催促的意思，您只管以自己的节奏写出能够认可的作品就行，因为我已经做好了耐心等到那一天的心理准备’。就是领受了你的这番好意，我一直没尽到该尽的情分。这些年来从未给过灸英社一张原稿，我觉得非常过意不去。”寒川面带十分痛苦的表情低下头，看起来不像在演戏，况且神田深知他不擅长演戏和说谎。寒川好像是真心在道歉，他似乎不认为自己是被抛弃的。

难道今天是为了尽到他所说的“该尽的情分”，才把我叫出来的？换句话说，莫非他终于写出了能够认可的作品，想把原稿交给我？要是那样就糟了！神田焦躁不安。即便拿到原稿，出版也无望。

“不不不不。”神田在脸前摆摆手，“请抬起头来。从我的角度，当然也万分期盼拿到寒川老师的原稿。但在此之前，我觉得有必要考虑这份珍贵的原稿以何种形式出版对老师来说才是最好的。如果遇上特殊情况，即便无法在我们社出版，那也是没有办法的事。至于在哪家出版社做成什么样的书，咱们再从长计议吧！”

谁知这次轮到寒川使劲挥挥手，也摇了摇头。

“不，神田。不是这么回事，我没有原稿。非常抱歉，到现在也没有一张原稿可以交给你。就是因为这个，我才低头赔罪的。”

“啊……”神田丈二和尚摸不着头脑，盯着这位资深作家头发稀疏的脑壳，“您没有写原稿啊？呃，那今天把我叫来是为此道歉？”

“不，不光是为了这个。”寒川抬起头来，“赔罪的同时，我还有件事想跟你商量一下。比起商量，更应该算是报告吧。因为我心意已决，无法动摇了。”

神田注视着作家的脸。寒川似乎做出了什么决断，但关于内容，神田没有任何头绪。

“神田，你看前几天的奥运会了吧？”

“奥林匹克运动会？嗯，在电视上看了一点。”

“运动真是个好东西呀。选手们以金牌为目标，渴望发挥出自己拥有的全部力量的身姿实在太美了！光是注视着他们跳动的肌肉，就令人感动不已。然而事实上，他们在辉煌的同时也常思考自己的引退之事。有几位选手在获得奖牌后不久就发表了暗示要引退的宣言，对吧？所谓最高水平的田径选手，是懂得自己的极限的。坚持到体无完肤固然是种美，痛快斩断念想迈向下一个阶段的活法也未尝不潇洒。你不这么觉得吗？”

“我也那么觉得。”

寒川到底想说什么，神田完全搞不清楚，只好耐着性子附和。

“所以，”寒川把两手撑在大腿上，挺直身子，“我也终于下定决心，请你千万不要阻止我。”

神田眨了两下眼睛，望着寒川皮肤松弛的脸。“那个……您决定什么了呀？”

寒川皱起眉头。“你都听什么啦！根据我说的这番话，‘决定’当然是指引退了！我决定引退了。”

神田还不明白什么意思。他想，难道是寒川出于兴趣参加了什么运动？

“那个，寒川老师，我脑袋不好使，不好意思。您到底说从哪儿引退啊？高尔夫？”

“高尔夫？你说什么呢！我压根不玩高尔夫。”寒川敲着桌子说，“作家啊。我决定从作家这条道路上引退了。”

寒川的话遍及神田的整个大脑，多少花了些时间。等完全明白含义，他惊讶地叫出声来。

“您的意思是以后不当作家了？再也不写小说了？”

“是那么回事，我决定从第一线退下来。”

“老师，请您稍等一下。”

“不等了。刚才不是也说过嘛，这是已经决定了的事。我心坚如铁，不管谁说什么，我也不会改变想法。你放弃吧。”

看着环抱胳膊、嘴歪成“へ”形的寒川，神田不知所措。他做梦都没想到寒川嘴里会冒出这种话来。他说“请您稍等一下”，并非希望寒川回心转意，只是想自己整理下思绪而已。

“啊，是吗？引退啊……”神田一边挠头一边咕哝道。混乱还没有完全平息。

“事情来得这么突然，你手足无措，我非常理解，但这是深思熟虑的结果。我也想像金牌得主们一样，在辉煌时期凋谢。”

“辉煌时期……吗？”神田只是重复着寒川的话。他不知道该如何应对。辉煌时期？这位作家有过那种时候吗？

“因此，我有一个请求。”寒川说。

“什么事？”

“我在这个行业也待了很长时间了，有很多人照顾过我，与我有交情。我觉得，要是不跟这些人打个招呼就引退太失礼了，还是善始善终的好。”

“原来是这样。那用书信或者什么的形式告知下怎么样……”

听了神田的提议，寒川不满地噘起下嘴唇。“一位作家要引退了，只用那种形式怎么行？”

“那用什么形式呢？”

“嗯，依我看，最好召开个见面会。联合记者见面会。”

神田开始感觉脑袋一阵阵钝痛。“‘联合’是指几家出版社一起吗？”

“这不是省事嘛。如果分别接受采访，我就得反反复复说好几遍同样的话，那麻烦死了。嗯，还是召开联合记者见面会为好。就这样！神田，照这个方案办吧！听好了？明白了吧？”

听寒川喋喋不休地自说自话，神田头昏脑涨，想不出一句反驳的话来，只得点了点头。

3

听了神田的话，狮子取把啤酒喷了出来。

“你说什么？引退的联合记者见面会？瞎弄什么呀这是！”狮子取一边用手帕擦着弄湿的衣服一边问。

两人正待在新宿的小酒馆里。神田说有要事相商，把狮子取叫了出来。狮子取与神田同年进入公司，现在任书籍出版部总编。他与寒川交往时间之久，在灸英社仅次于神田。

“所以，就像我刚才说的，寒川先生想在记者见面会上公布自己将从作家这条道路上引退的消息。”

狮子取按着自己的太阳穴。“可我还是不太明白啊。什么叫‘从作家这条道路上引退’？”

“就是不再写小说了,不出书了。他的原话是‘从第一线退下来’。”

“哼……”说完，狮子取陷入了沉思。“这个，有必要大张旗鼓地宣布吗？如果不想写，只要不写就好了。原本寒川先生这两三年就没出过新作了吧，他早就从第一线退下来了。但关于这个，谁也没当回事嘛。当然了，应该也没人对他本人说什么。这不是挺好的吗？”

“我感觉他好像很憧憬引退这种形式，似乎是受了运动员召开记者见面会宣布退役的影响。”

“还真是会给人找麻烦！”狮子取气歪了脸。

神田拿起盛着生啤的酒杯，咕嘟咕嘟喝下，叹了一口气。

“我当初听说的时候也觉得很荒唐，但是过后仔细想想，觉得好像也可以应承下寒川先生这个请求。”

“何出此言？”

“你说得没错，即便寒川先生今后什么都不写了，不再出书，也不会有几个人在意。寒川先生少量的读者中，或许会有人奇怪他为什么最近不出新作了，不过恐怕只是寥寥几人。而且这寥寥几人过不了多久也会淡忘。不仅是寒川先生，大多数作家都是这样的命运。什么也不干的话，业界内便不再会提起他们的名字，也不会再来工作委托。不久，编辑也好读者也好，都会把他们忘却。有人说作家是没有退休年限的工作，没有退休年限也就意味着没有明确的退休。

确实，只要他本人坚称自己是作家，他就能永远是作家。但是，即便如此，工作也未必会找他。持续出书期间是作家，一旦中断其实形同无业。简单来说，这时候就算他自称作家，实际上不过是前作家了。如果重新发愤图强，执笔写作，出版新书，还能回到作家的身份。到死都在作家与前作家这两种身份之间转换——就是这么一种职业。”

“非常赞成啊。照这种说法，寒川先生现在已经是前作家了，而且，也没有回归作家身份的可能。总而言之，事到如今根本没有必要召开引退记者见面会。”

“问题正出在这里。事情确实如你所说，但自己都不知道的情况下就引退了，你不觉得很凄凉吗？与其这样，既然他自己说决意谢幕，陪陪他不好吗？即便微不足道，毕竟他也是一位立下功劳的作家啊。”

听神田说完，狮子取用手托腮，“唔”地应了一声。“让你这么一说还挺难受的。那个人倒是没让我们赚到多少钱，不过犯难的时候确实帮过我们，这是不争的事实。别的作家遗失原稿或咱们缺人的时候，找寒川先生帮忙是家常便饭，因为不管什么时候，他的作品都能保证一定的水准，我们很放心。当然了，他也没写过大大超出那个水准的作品。”

“那就给我搭把手吧？”

狮子取一脸不情愿地点点头。

“好吧，乐意奉陪！我跟其他社的朋友也打声招呼。”

“那就拜托啦！引退宣言要是能引起关注，捎带把寒川老师的书卖出点去，我们也轻松些。”

“那种可能性，”狮子取缩了缩脖子，“我觉得恐怕接近于零。”

4

十月的某个周六，神田在炙英社的会议室里坐立不安。房间的门上贴着一张纸,上面写着“作家寒川心五郎 联合记者见面会会场”。预定再过二十分钟就召开见面会，可至今一个记者都没现身。

神田正盯着手表考虑要不要把见面会的时间稍微往后推迟一下，狮子取慢腾腾地走了进来。“呀，来迟了，不好意思。”

“怎么回事？一个人都还没来。”

“哈——”狮子取望了望摆好一排钢管椅的室内，“我可是跟认识的报社记者都打过招呼了，大概是他们也很忙，没时间过来凑这个热闹吧。”

“受不了。必须弄几个人来，你帮忙通知各社的责任编辑了吧？”

“通知了，所有人都说，这种事会尽可能来捧场的。”

“尽可能啊？还不是一定。”

“我想会来几个人的，我也叫我那边的年轻人尽量过来了。对了，寒川先生呢？”

“我请他在休息室休息呢。”神田压低声音继续说道，“他难得穿了西装，好像还去了美发店，相当起劲儿呢。事到如今是不可能中止的。”

“嗯……”狮子取呻吟了一声。

“总编！”一位年轻男职员喊着走了进来。他是神田的部下，姓青山。“有出勤的同事，但闲着的太难找了，星期六还来上班的都是比较忙的。”

“哪个部门的都行，漫画啦女性杂志啦也可以。总而言之，最重要的是凑人数。”

青山可怜兮兮地摇了摇头。“漫画和女性杂志那边我已经试过了，他们说不认识什么寒川心五郎，一口把我给回绝了。”

“那就去其他部门试试看。”

“我试过了，但还是凑不到人。我想，要不找编外人员帮忙吧？可以吗？”

“编外人员指的是……”

“有一个是保安，穿上西装应该没问题。我还跟一个打扫卫生的阿姨打招呼了，她说愿意帮忙。”

“OK。就那么办吧。”

“收到！”青山说完冲出了房间。

“保安加上打扫卫生的阿姨？这到底是什么样的阵容啊。”狮子取摇了摇头。

“这种时候已经没有别的选择了，星期六在社里的人本来就少。”

“为什么非要放到什么星期六啊？工作日的话或许还好张罗些。”

“工作日根本弄不到这个会议室的使用许可。寒川心五郎这个名字对我们公司而言已经是过去式了。”

神田话音刚落，外面传来一个声音：“哎，好像是在这里。”随后，一个瘦瘦高高的男人走了进来。

“阿广，来了呀！”神田高兴地说。

来人是金潮书店的广冈。他也是寒川心五郎的责任编辑，出书之多仅次于神田。

“来啦！寒川先生的引退仪式，没有不参加的道理嘛。”

进来的不仅有他，紧跟其后陆陆续续地走进一群熟悉的面孔，他们全都是多年以来负责寒川的编辑。

“哎呀呀呀，真是太好了。”

“你好你好。”

“好久不见。”

很久没像这样齐聚一堂了，简直像同学会似的，大家你一言我一语亲切地寒暄着。

神田自己也感觉仿佛回到了二十年前。不一会儿，大家都热烈地谈起往事来。

“那时候的阿广真是让人刮目相看哪，带着寒川老师行走全国，召开签名会。你们那时候到底转了多少家书店哪？”

听到神田的问题，广冈抽了抽鼻子。“应该转了有一百来家吧，记得那时花了一周左右的时间。那时候公司的效益还好，舍得给我们出旅费。一回来立刻就决定加印三千册，真是让人忍不住热泪盈眶啊。”

“那次真让我深受打击。因为实在没想到，除我以外，还有别的编辑能将寒川先生的书卖到两万册以上。”

话题层出不穷，谁让编辑们确实围绕一个作家真刀真枪地展开过竞赛呢。非常讽刺的是，正因为寒川不是什么畅销作家，这种竞赛才有趣。要是那种只要出书就能大卖的作家，就显示不出编辑的本事了。销售寒川的书需要智慧和努力，正因如此，即便只比竞争对手多卖了一千册，当晚的酒喝起来也格外香。

狮子取走到神田身边。“差不多可以开始了吧？”

神田环顾了一圈室内，下属们也凑了些人过来，摆着的钢管椅一半以上都坐满了，这样看来总算还像点样子。

“那我去把寒川先生叫来。”神田说着走出了房间。

5

“诸位，让你们久等了。从现在起，寒川心五郎先生的联合记者见面会正式开始。首先，由寒川先生向诸位致辞。之后，大家可以自由提问。如果想问问题，请举手示意。那么，接下来请寒川先生入场。”

神田的开场白结束后，门开了，寒川走了进来。只见他身穿茶色西装，稀疏的头发梳理得整整齐齐，迈着紧张的步伐走向阶梯式座席。他享受着照相机闪光灯的沐浴，不过按下快门的是神田和狮子取的下属们，没有一个人是专业摄影师——这是为营造引退记者见面会的氛围而导演出来的。

寒川施礼后落座。桌子上摆着麦克风，并不是多大的会议室，原本不需要这种东西，但这同样是营造氛围的一环。

“呃……今天诸位为我齐聚一堂，我表示由衷的感谢。”寒川开了腔。尽管麦克风的开关没有打开，他的声音仍清晰入耳。“我有一件重要的事情向诸位宣布。我，寒川心五郎——”说到这里，他略微停顿了一下，扫视全场确认大家送来注目礼后才继续道，“我，寒川心五郎决意自今日起从作家这条道路上引退。诸位，非常感谢你们一直以来的关照。”他深深地低下头。

场内鸦雀无声。自发前来的人绝大多数已经知道寒川引退一事，不清楚情况被临时找来的人根本不知寒川为何方神圣，所以出现这种反应很正常。

“那么，接下来我接受诸位的提问。请问，哪位有问题？”

迅速举起手来的是狮子取。不用说，这也是事先商量好的。

“请讲。”神田说。

“我是灸英社的狮子取，有几个问题想问您。首先，促使您决定引退的原因是什么？”这一问题是听取了寒川本人的期望之后准备的。

寒川抬起头来，把嘴靠近麦克风：“简而言之，就是我感觉自己的能力已经到了极限。照这样下去，大概无法写出满足大家期待的作品来了。在此之前，我决定自己拉下帷幕。”

曾担任过寒川心五郎责任编辑的人都苦笑起来，估计他们在想，无法满足读者的期待又不是一天两天的事了。

“那么，在您的作品当中，您认为最能满足读者期待的作品是哪一部呢？”和提前商量好的一样，狮子取紧接着问道。

寒川望了望众人。“当然是《血族的遥远山河》了。我认为，那是我的最高杰作、代表作。”

听他这么说，神田心想，果不其然。

《血族的遥远山河》是十几年前寒川在灸英社出版的一本书，描写了跨越一家三代的故事，总之是一部融入传奇小说、推理小说、历史小说、恋爱小说和社会派小说等诸多要素的力作。神田记得应该是卖了三千册以上。

“我尤为满意的，是倒数第二章主人公与父亲的仇敌对决那个场景。为了写那一部分，我有两周的时间都窝在山里。因为我觉得，要是不置身于被大自然包围的场所，将那种力量吸入体内，是无法写出来的。书中的场景描写也的确显示出了预期的成果。”

寒川慷慨陈词，听的人却反应迟钝。这毫不奇怪，毕竟坐在这里的大多数人恐怕压根没读过《血族的遥远山河》吧。

那部小说确实是部力作。但并非因为倾注了全力，就一定能畅销，也并不能保证会获得高度评价。

非常遗憾，《血族的遥远山河》既没有引起特别大的关注，也没被提名文学奖，更没有大卖。发售之日后一个月，这本书就从书店彻底消失了踪影。

神田知道，寒川对那部作品下了大力气，他原本打算凭借它斩获文学奖，立身扬名。正因如此，被世人无视后的失落之深自然非比寻常。

不仅是寒川。本想一决胜负的作品结果却没激起任何反响，这种事情大多数作家都经历过。即便是如今称得上畅销作家的人，在成功以前也会有几部自信满满的作品被无视。

“可以让我们分享一下您现在的心情吗？”狮子取接着抛出了下一个问题。

寒川闭上眼睛，做了个深呼吸之后再次睁开眼。“现在可以说半是满足，半是寂寞。接下来自己的心情如何，说实话我也不清楚。不过，只有一点可以肯定，那就是我庆幸当了作家。而且，我之所以能将作家的工作持续至今，全是托大家的福。我发自内心地感激。”

“谢谢。那么，从明天起您打算怎么度过呢？已经决定了吗？”狮子取提出总结性的问题。

寒川露出略作思考的表情，而后把脸凑近麦克风：“我想，应该会无所事事一段时间。不过，就像刚才所说，我之所以能将作家的工作持续至今，全是托大家的福。这种感谢的心情，必须以具体的形式呈现给大家。”

“您的意思是……”

“身为作家的我既然说以具体的形式呈现，当然可以理解为写成小说了。这是我最后的工作——不是进行告别赛，而是写一部告别小说。我会竭尽全力争取早日发表的，请诸位再稍等一段时间。此外，我声明，这部作品，我将交给比谁都更理解我的作品、一直耐心等待我的原稿的灸英社的神田先生。神田先生，这件事就拜托你了！”寒川转过笑脸。

所有人的视线都集中到了神田身上。狮子取脸上浮现出不知所措的神色。

随后，噼里啪啦地响起微妙而无力的掌声。

6

神田前往寒川家，是在引退见面会刚好一周以后。

“那之后怎么样？”神田问。

寒川带着苦笑摇了摇头。“总感觉有点奇怪呢。明明不用再考虑小说的事就可以了，回过神来时，满脑子又是各种灵感了。真是难改作家的习惯啊。”

“无忧无虑地休息一段时间怎么样？我觉得旅行挺不错。”

“是啊，告一段落之后就考虑考虑。”

“告一段落？难道您手头还留有必须做的事？”

“还有不少呢。哦，对了，见面会上提过的告别小说。”

“老师，您不必那么介意。”神田摊开右手手掌，“我以为您只是在那种场合顺口说说而已呢。现在您用不着考虑那种事，还是想想今后的人生——”

神田的话之所以戛然而止，是因为寒川从旁边拿出了一个大信封。

“记者会后状态特别好，一口气就写了这么多。交给你了，用什么形式发表都行。当然，在《小说灸英》上刊载也没问题。”

“……那之后您立刻就动笔了吗？”

“总感觉手中的笔似乎变轻快了。大概是发表了引退宣言，肩上的力量都倾泻出来的缘故吧。名字叫‘笔之道’，不错吧？就拜托你了。”寒川用两只手把厚厚的信封递了过来。

神田接过，只觉沉甸甸的。与此同时，他的心情也沉重起来。“……好的，那我就先收下了。”

走出寒川的家，神田上了一辆出租车。他拿出信封，抽出原稿。

寒川是如今很少见的亲自用笔书写的作家。原稿每一页上都标注着页码，神田在阅读内容以前先看了看最后一页的页码，上面写着“115”。也就是说，四百字一页的原稿用纸，共一百一十五页。

真受不了，怎么有这么多——

灸英社早已确立方针，今后不再出版寒川心五郎的书。即便如此，神田还是说服董事，得以最后一次在《小说灸英》上刊载寒川写的东西。可说归说，如果超过一百页，肯定又要被上头找麻烦了。

既然引退了，就不用这么拼命写了嘛……

神田把原稿放在膝头，准备先读读看。然而，看到写在第一页上的标题时，他吓了一大跳。会不会是搞错了？但事实并非如此。确认之后，他顿时感到头晕目眩。

标题是“笔之道 第一章”。他慌忙翻到最后一页，只见最后赫然写着“第二章待续”。

战 略

1

热海圭介发来邮件说新作长篇小说写好了。他在邮件中自信十足地写道“我认为是不辜负读者期待的作品”，并添加了附件。

小堺带着怀疑和一丁点期待打开了附件。

看到小说的标题，他立刻泄了气。主标题为“去问子弹与玫瑰”，副标题为“击铁之诗Ⅱ”。

真是让人头疼啊，小堺叹了口气。《击铁之诗》是热海圭介的处女作，到目前为止应该算是他的代表作。但这也是因为除此以外，他没有拿得出手的作品。《击铁之诗》也只是获了个新人奖而已，并没有得到特别的关注。但是他本人似乎非常迷恋，非要写续篇。既然坚持到那种地步，作为责任编辑，只能说“好吧，那您先写写看吧”。

小堺将文本文件转换成竖排形式，试着读起来。没过多久，他自己都感觉到嘴巴歪成了“へ”形。

果然又是这一套啊——

主人公和《击铁之诗》的主角一样独来独往，也曾当过刑警。得知曾经救过自己的女人成为黑手党的人质后，主人公想单枪匹马把她救出来，谁知牵扯到操纵全球恐怖分子的秘密组织。故事框架虽然宏大，但给人似曾相识的感觉，而且缺乏现实感。明显的硬汉派文体依然健在，这次也出现了“男人心脏上的弹痕数量之多，恰似飞散的玫瑰花瓣”这类句子，小堺不禁为热海感到羞愧。

花了整整一天读完，小堺再次头疼起来。“真难办啊！”

如果这是一位应征新人奖的稿子，照这个水平，肯定连决选名单都入围不了。若这是小堺自己约来的原稿，估计也会扔掉三分之一。坦白说，他根本不认为这部作品值得出版。

大概只能千方百计让他重写了。但至于能改良到何种程度，不敢保证。如果效果甚微，只能拒绝采用——小堺带着几分冷漠得出这个结论。

没想到，第二天上司狮子取问：“热海先生新写的原稿进展得怎么样了？差不多该交过来了吧？”

“昨天，倒是算交过来了。”

“噢，是吗？”狮子取的表情为之一亮，“质量怎么样？看来有望按计划出版？”

“哎呀，这个……”小堺没有表示赞成，“我觉得照现在的状况有点糟糕，很有可能需要重写。”

狮子取顿时皱起了眉头。“啊，是吗？你估计要多久？一个星期左右？”

“不不。”小堺摆摆手，“我读着感觉大概要一个月，不，可能还要更久。说不定最好从头重写。”

“哎——不能想想办法吗？”

“我认为有点勉强。您这到底是怎么了？之前对于热海先生的作品，不是没那么期待吗？明明还说出不了也无所谓的。”

“哎呀，这不是彼一时此一时嘛。”狮子取带着为难的表情挠了挠留着短发的脑袋，“昨天的会上啊，提到了新人奖的成品率。”

“新人奖的成品率？什么意思？”

“就是字面的意思。我们凭借新人奖出道的作家，有百分之多少成长为能给公司赚钱的作家了。”

“这，”小堺咽了口唾沫，“真是个苛刻的问题啊。”

“销售那帮家伙竟然拿出相关的详细数据，下结论说，与其他社的新人奖相比，我们干得不怎么样。”

“是吗？”

“实际上就是这么回事，虽然让人不甘心。”

“可是，难道选拔的人没有问题吗？也就是评委。”

狮子取撇着嘴摇了摇头。“不管谁家的新人奖，评委成员都差不多。所以销售那帮家伙才质问我们的培养方式是不是有问题。”

“呃，培养方式……”

“他们说，‘关于新人作家，你们推出的卖点是什么？如何与其他作家形成差异？诸如这些问题，你们出版人是不是应该再多考虑考虑？’甚至还说，‘要是干等着像唐伞忏悔先生那样独立成长的作家，还要你们编辑干什么！’”

“说得这么过分？您肯定反驳了吧？”

“那还用问，他们以为我狮子取是谁呢。”狮子取挺起胸膛。

“那您是怎么说的？”

“我们绝对没有坐以待毙，一直在为培养新的人才倾注心血。证据就是，近期我们就将让一位新人奖出身的作家一炮走红！计划正在有条不紊地进行——社长也在场，我就这么痛快地打了包票。”

直到刚才还以信赖的眼神望着上司的小堺，听了这番话以后，心情一下子黯淡下来。“他们没有问那位作家是谁吗？”

“问了。”

“您说的那位作家莫非就是……”

“嗯。”狮子取苦着脸点了点头，“热海圭介先生。获得咱们新人奖的作家近期有出版计划的，除了他，我想不起别人来了。”

小堺感觉到全身的力气一泄而光。

2

跟小堺预想的一样，狮子取根本没有认真读过热海圭介的作品。他把到目前为止的作品和销售实绩数据资料，以及这次新写好的原稿堆在办公桌上，开始一点点研读。望着他那副模样，小堺想象着这次骚动的结局。被称为“传说中的编辑”的狮子取，的确有慧眼识珠的本事。热海这样的作品，他只看个几页应该就明白无法将其做成商品吧。他自尊心再强，估计下次开会的时候也只能向社长等人低头了。

整整两天，狮子取都在读热海的作品。读完之后，狮子取把椅子快速地转了个圈，继而长时间地眺望着窗外。

夕阳完全隐没以后，狮子取突然叫道：“小堺，过来一下。”小堺紧张兮兮地站到狮子取的办公桌前。一无是处——关于热海的小说，小塄预计狮子取会这样评价。

狮子取缓缓地开了口："一无是处啊。"

小塄差点当场跪倒。也料得太准了，反倒令他大跌眼镜。

"不过，"狮子取接着说道，"说不定也可以死马当活马医。"

"啊？"

狮子取把《击铁之诗》拿在手里。"故事确实有很多地方牵强附会，没有一点真实感，而且遣词造句夸张做作，难怪背地里被人说成模仿硬汉派的搞笑小说。但是看了销售数据，我发现一个非常不可思议的情况：上市之初第二部作品的销售册数骤减，这恐怕是因为读过第一部作品《击铁之诗》的作者失望至极，于是放弃了。然而从那以后，实际销售量基本上没什么变化。一般来说，应该逐渐减少才对，为什么没出现那种局面呢？"

"这正是销售部门百思不得其解的地方。"

"带着这个疑问，我重新读了一遍所有作品，最终得出一个结论。"狮子取环抱起肥胖的胳膊，"这位作家，就是臭咸鱼吧。"

"臭、臭咸鱼？那种臭烘烘的鱼干？"

"对啊。你吃过没有？"

"没，没吃过。一次，有位去过八丈岛的作家送了条给我，刚打开真空包装袋，我和妻子两个人就忍不住发出了惨叫……"

"扔了吗？"

小塄点点头。"还用保鲜膜缠了很多层。"

"是吗？我有一回在公寓的厨房里烧这玩意儿，邻居跑来跟我诉苦。那种臭味实在太刺鼻了。"

"真无法相信，那么臭的东西能当食物。"小塄一边摇头一边说。突然，他恍然大悟。"您的意思是，热海先生小说的那股臭，也跟臭咸鱼似的？”

狮子取点了点头。“说归说，臭咸鱼吃起来还是挺美味的，只是下嘴需要勇气，因为必须闯过那股恶臭。可一旦闯过这关，填到嘴里就能体验到一种无法言说的独特味道。热海先生的小说也是如此。要是习惯了他做作的遣词造句和牵强附会的情节展开，则会发现别有洞天。说得夸张点，叫人上瘾。所以，尽管卖得少，但一直都有人买，这说明他的小说有固定的读者。换句话来说，要是让更多的人读到，或许可以抓住比如今多几倍的粉丝。”

听到上司这番铿锵有力的言辞，小堺既感到困惑，也觉得新鲜。他从来没有如此看待过热海的作品，只是拿它与社会上的优秀作品比较，一味地吹毛求疵。

“您认为新作怎么样？”小堺问。

“《击铁之诗Ⅱ》啊？”狮子取意味深长地一笑，抓起旁边的原稿，“挺好的嘛。做作程度更上一层楼，可以说更加芳醇四溢。”

“这么说重写……”

“完全没有必要。这样就行了！”

小堺完全被上司自信满满的口气压倒了。会发展到这一步，他完全始料未及。

“不过，”狮子取说，“问题在于如何让更多的人来读。人们总是对臭的东西避而远之，靠都不想靠近。但是，我们必须想方设法促使光顾书店的人拿起热海先生的书。关键是战略。”

“要大张旗鼓地搞宣传吗？”

“不行，现在这时候拿不出额外的广告费。”

“那怎么办呢？”

狮子取嘴边浮现出无畏的笑容。“先碰头商量下。你帮我问问热海先生的日程安排。”

3

在常去的咖啡馆现身的热海圭介和以往一样，打扮得跟每到休息日就被硬拉去大型超市购物的父亲似的——马球衫加膝盖处已经凸起的宽松长裤，头发三七分。

一见面，狮子取就对《击铁之诗Ⅱ》大加赞赏了一番，甚至断言该作品将在硬汉派小说的历史上永存也不足为奇。

热海看上去既欣喜万分，又困惑不已，大概是由于从来没被如此褒奖过。毕竟热海与狮子取今天应该是头一回见面。

“我们社无论如何都想把《击铁之诗Ⅱ》做成畅销书，是这么考虑的。”

“啊……好的。”热海一副丈二和尚摸不着头脑的表情点点头。

“但是呢，现在这样是不行的。为了能卖起来，有许多地方必须改善。”

“您的意思是……”

“这个嘛，一言以蔽之就是要打造形象。为了让读者感兴趣，需要独特的人物形象。”

热海露出无法理解的神态。“您是说小说的人物形象太弱了吗？”

狮子取闻言摆摆食指。“NONONO。小说的登场人物那样就可以了。我们希望打造形象的，是热海先生您自己。”

“啊？”热海似乎吓了一大跳，身体往后一退，“我？”

“是的。这么说有点不合适，但您太普通了。既然写出那么做作……浓重的硬汉派风格作品，就需要有更加强烈的个性。不，说得严谨些，是必须让读者认为您是位具有强烈个性的作家。首先，重要的是外在。这样的作家写出来的小说会是什么样呢？好想读读看啊——我们就是要达到让读者产生这种想法的视觉效果。”

热海似乎还是没开窍。“即便您那么说，我的模样让读者过目不忘的情况也几乎不存在啊。”

狮子取微微闭上眼睛，缓缓地摇了摇头。“那是之前，从今往后就是天差地别了。配合《击铁之诗Ⅱ》的发行，我们会请您出席各种各样的媒体活动。眼下就计划请您接受我们社所有杂志的采访，广播和电视那边我们也正在交涉。在此之前，无论如何也得请您确立好自己的形象——让大众吓破胆的形象。”

热海眨了几下眼之后，向小堺投去求助的目光。这也在情理之中。尽管所写的小说中的人物豪迈不羁，他本人却是极其胆小的凡人一个。

小堺从皮包中取出一个文件夹，放到热海面前。“其实，我和狮子取先生商量过了，关于热海先生的形象，基本确立了一个方案，总结出来就是这个。我就交给您了，今后参加采访等活动的时候，您要是能保持这个形象就再好不过了。”

热海打开文件夹。里面的内容他只一瞥，就瞪大了眼睛。“爆炸头？我吗？”

“热海先生，发型非常重要。”狮子取探出身子，“女孩子光靠一个发型就会看起来很可爱，对不对？这是彰显个性的捷径。正因如此，坚决不能留会被误认成别人的发型。现在还没有以爆炸头闻名的作家，正好我们可以先下手为强。”

“就算您那么说，这么短的头发也弄不成爆炸头啊。”热海摸了摸头发。

“我知道。所以，这段时间暂时请您以假发应付下，小堺会给您准备的。”

“已经订购了。”小堺当即说。

热海的眼睛顿时失了神采，他把视线移回文件夹。“胡子也要留起来吗？”

“毕竟是硬汉派嘛。”狮子取低下头，“拜托了。”

“这幅插图上是叼着烟吧？可我不吸烟哪。”

“嗯，我听小堺说了。所以那不是烟，而是戒烟烟嘴。”

“戒烟烟嘴？明明我不吸烟还要叼这个？”

“只是作为爱好叼着。这有什么不好呢？稍微有点古怪之处才有魅力嘛。”

热海的脸眼看着越来越苍白，小堺看了都觉得难过。

“那种……红色的皮夹克，什么地方会卖啊？”

“已经找到了，服装全部由我们准备。”小堺说。

“豹纹裤也找到了？”

“是的。”

“热海先生您只要把胡子留起来就可以了。”狮子取说，“视觉方面，我觉得这样就很完美了，接下来是态度和言行。措辞等已经详细写在里面了，请参考。”

热海哗啦哗啦地翻着文件夹里的文件，毫无底气地说，“我行不行呢？”

“不是行不行的问题，而是要去做。热海先生，您希望书大卖吧？还是说您想永远做个初版作家[①]？”

---

①书出版过一次就没有再版的作家。

热海摇摇头。“当然不想。”

“对吧？那就加油！请相信我们。”狮子取两手敲着桌子，说出的话掷地有声。

4

“那么，首先想问您一下，您为什么想写这样的作品呢？”

面对周刊记者的提问，热海叼着戒烟烟嘴，估计是为了让自己镇静。按照指示，他戴上了爆炸头的假发。

“为什么？你这么问很不好回答呀。只能说灵光一闪吧。我……老子只是突然希望把到目前为止耳闻目睹的经历变成小说的形式而已。嗯，基本上就是这么回事吧。”热海按照准备好的剧本说道。不用说，剧本是小堺和狮子取两人商量着写出来的。

“但拜读了您的作品，我发现有些设定新奇到令人根本难以相信是事实。比如装备着机枪的私人飞机每到夜晚都会列队在天空盘旋；客机机长原来是地痞流氓，随身携带匕首；国会议事堂的地下有秘密车站，全副武装的列车可以开到所有地铁路线上，等等。所有这些，是以什么为原型呢？”

“那些部分是老子原创的，但并非完全出于空想。”

“哎？可是毫无真实感……不，感觉您描写了一个与现实相去甚远的世界。”

“这个嘛，是故意那么做的。要是把老子知道的原封不动地写出来，各方面都得吃不了兜着走。假如贸然行事，老子说不定会有血光之灾。以前，有人为批判种族歧视画过以机器人为主人公的漫画，对不对？和那差不多。”

“啊，是这样啊。”女记者带着在看奇怪生物的表情模棱两可地点了点头。

热海这已经是第三次接受采访了，接下来还有几个。当然，如果默不作声，是不会有媒体主动来打招呼的。狮子取和小堺动用关系，把所有媒体挨家拜托了一遍，他们才来采访的。

热海最初有点紧张，现在似乎已经习惯采访了，他语调不再僵硬，拍照时表情也从容起来——看到相机镜头朝向自己时立刻皱起眉头也是狮子取指示的。

小堺的目光落到手头的书上。在手枪和红色玫瑰的图案前，写着书名“去问子弹与玫瑰：击铁之诗Ⅱ”。该书十天前发售了，首印册数创下热海的最高纪录——七千册。“绝对能卖掉！”狮子取成功地说服了销售部门。

腰封上印着警察小说泰斗玉泽义正的推荐语——“真想对读完这部作品的自己举杯祝酒”。

小堺心想，玉泽老师真是煞费苦心哪。听说拜托玉泽此事时，他最初面露难色，但在去六本木的路上，狮子取果断来了个拿手的下跪，他才最终同意。真不愧是传说中的编辑。

采访和拍照结束后，女记者和摄影师走出了会议室。热海放下戒烟烟嘴，长出一口气，伸手抓住了脑袋上的假发。

“不行不行，还不能摘下来！接下来还有签名会呢。”

“啊，是吗？”热海的手放了下来。

“而且以前也说过，平时也好在人前也好，都不能摘下来，因为‘是自己的头发’嘛。”

“啊，嗯……尽管如此，接受采访还是相当累啊。”

“这才刚开始呢，抱怨可不行。为了卖书，请您忍耐一下吧。”

“我明白。可是这种形象真的好吗？”热海挠了挠额头，估计是被爆炸头假发的发尖碰得挺痒吧。

“读者都对和自己不一样的人感兴趣，甚至崇拜。首先，是要让他们注意到怪人热海圭介。之后，他们就会开始关心‘这种人会写出什么样的小说来呢’。就如何能让读者拿起热海先生您写的书，我们分析过去的事例后得出这样的结论。请相信我们。”

“呃，我当然相信你们。”热海垂下眼帘。尽管集奇装异服于一身，他举手投足依然是平凡老百姓的做派。

签名会定在东京都内的一家大型书店举行。毫无疑问，这是狮子取下了大力气硬办起来的。作为交换条件，原计划下个月在其他书店召开的玉泽义正的签名会被转到了这里。

到了书店的办公室，狮子取和店长待在一起等待签名会开始。见到热海的模样，店长大吃一惊，双目圆睁。

“今天，这是目标。”狮子取摊开右手，“五十册。没问题的，我已经安排妥了。”

“社里闲着的职员都动员来了吧？”

“不仅如此，你等着瞧吧。”狮子取脸上浮现出无畏的微笑。

不久，签名会在书店的一角开始了，不知道从哪儿冒出来的人排起了队。小堺舒了口气，看来狮子取没说假话。

热海专心致志地签着名。字体稍微有些潦草，这也是小堺等人教的，是请相熟的书法家设计出来的。

看到一个接一个过来的顾客的面孔，小堺心领神会。社里的人占多数，年轻女性的身影尤为引人注目，其中几个是小堺很熟悉的银座和六本木的女招待。看来，狮子取也到常去的店打了招呼。

但是，还有一群人明显与众不同。他们年纪可能在五十岁以上了，看样子似乎是来东京观光的老年团，其中有个老妇人频频向热海挥手。热海大概是注意到了，皱起了眉头。

“那些人莫非是……”小堺小声问身旁的狮子取。

狮子取舔了舔嘴唇。“我和热海先生老家的人联系了，告诉他们今天有签名会，如果方便的话请来露个脸。跟我期待的一样，似乎所有的亲戚都来了。”

真够绝的！连亲戚都利用上了。小堺唯有暗自佩服。

亲戚们按顺序走上前来。

“喂，圭介！你这是什么打扮哪？”一个老人厉声说道。他看上去好像是热海的父亲，两人长得很像。

“烦死啦！别管我。”热海一边把签好名的书还给他一边说。

“别管你?！我是把你教成那副德行的吗……”

“哎呀呀，好了好了好了。”狮子取插话道，“今天劳烦您远道而来，非常感谢。那边准备了茶水，请过去休息下吧。”

“等一下，我还没和儿子说完呢。”

“别别别，好了好了好了。”狮子取紧紧抓住热海父亲的肩膀，把他带到了别处。

尽管出了那样的骚乱，签名会好歹顺利结束了。送走热海以后，小堺决定和狮子取一起在书店里转转。当然，他们是为了确认《击铁之诗Ⅱ》的销售情况。他们不光查看了店面，还找店长和店员问了情况，最后也没忘拜托他们一定要把书摆在显眼的位置。

转了三四家后，他们进了咖啡馆。坐下来喝了冰咖啡以后，狮子取摆弄起手机来，似乎在查看邮件。

“该死！今天果然不行啊。”狮子取对着手机屏幕说。

“销量没见增长吗？”

“嗯，和昨天差不多。难道今天晨报上刊登的广告没效果？”

“那个占版面太小啦，何况近来不看报纸的人也多了。”

“看来在广告上还得加大资金投入啊。”狮子取皱着眉挠了挠头。

很遗憾，转书店得到的反响非常不理想。店员们普遍认为卖不出去是理所当然的。“真搞不懂，你们灸英社为什么要在这种书上花力气呢？”甚至有店员毫不掩饰地这么说。

“肯定其他地方还有迷上那部小说的人。该死！到底在哪儿呢！他们到底藏在哪儿呢！”狮子取没用吸管，咕咚咕咚地喝了一大口冰咖啡后，焦躁地说道。

“下下周开始，采访的报道应该就接二连三地登出来了，到时候应该有所改观吧？”

“谁知道呢。请广播节目来采访热海先生的事也已经谈妥，胜负就看接下来了。”狮子取仿佛给自己打气般边点头边说。

5

热海圭介的新作《去问子弹与玫瑰：击铁之诗Ⅱ》已发售将近一个月了。小堺他们部门气氛压抑，原因不是别的，正是这本书卖不起来。不用说，加印也遥遥无期。

这几天，狮子取一直在座位上犯愁。用他的话说，完全搞不清楚哪里出了岔子。

“我们应该做得万无一失了呀。因为没花钱，取而代之花了时间。从经常读书的书迷，到偶尔读书的人，再到只对明星书感兴趣的讨厌读书的人，我们已经向所有人传达了消息。可为什么还没有反应？理应会迷上这本书的人，怎么还不到书店来？！”

“那些人是不是压根儿不存在啊？”

对于小堺的意见，狮子取斩钉截铁地说：“没有的事。不可能不存在，他们肯定在什么地方。老夫的直觉到目前为止一次都没有错过，肯定是哪里出了问题。”说完，他紧紧地攥起拳头。

今天狮子取也面向窗户，望着外边。恐怕他没在看任何东西，满脑子全是《去问子弹与玫瑰：击铁之诗Ⅱ》。

小堺的手机响了，是热海圭介打来的。他说有重要的事，想见一面。于是他们决定在常去的咖啡馆碰头。

踏进店里，小堺大吃一惊。并不是因为热海圭介先到了，而是他竟然没有戴爆炸头假发。

“不是说了不行嘛。假发呢？”小堺一坐下来就问。

热海缓缓地摇了摇头。“我要说的正是这个。其实，我想请你们别再让我戴什么爆炸头假发了。不光是假发，还有红色夹克、豹纹裤，以及戒烟烟嘴。”

“怎么回事？”

“终究还是没有效果，不是吗？书没卖出去吧？我非常感谢你们为我做了这么多。不过，请饶了我别再给我打造形象了，老家的父母也对我抱怨个没完。”

“……是吗？”

“刚才我也去了下书店，可是，我的书已经不摆在那里了。”

不便随口附和句“是吗”，小堺选择了沉默。

“为什么呀？”热海夹杂着叹息说，“为什么大家都没发现那部小说的优点呢？”

因为它是臭咸鱼——小堺很想这么告诉他，但最终还是决定一言不发。

6

一名女高中生在书店的架子前举棋不定。好不容易才找到的书，该不该买呢？一千九百元，不是一个小数字。可如果不在这里买，下次不知道在哪儿才能找到。又不能在网上订购，因为要是自己不在家时寄过来，父母大概会擅自开封。

这名女生之所以知道这本书，是看了某杂志上刊登的采访报道。被采访者是一位名叫热海圭介的作家。

他不合时宜地生活着，自欺欺人地度日。

外表就说明了这一点。什么爆炸头，估计他根本不想弄成那样。他也不想穿什么红色夹克，豹纹裤也好戒烟烟嘴也好，他都恨不得统统丢掉吧。

但是，这不可以。

因为他不愿意暴露真正的自己，那么做让他畏惧。

据报道，这位作家写的是“在异次元世界中摇撼恶、暴力与人类本性的作品”。

好想读读看啊。并不是因为觉得故事有趣，而是想知道自欺欺人生存至今的作家写出了怎样的东西。

于是，她买下这位作家的处女作《击铁之诗》，试着读了。

谁知立刻就迷上了。她惊讶于竟然有这种小说。

如她所料，书里描述的是一个虚构夸张的世界。虽然有坏人出现，但他们与现实的坏人不同。即便是犯罪，也并非真正的犯罪，而且出现了正义的伙伴——在现实世界中不可能存在的正义的伙伴。

但是，正因如此，她在阅读的过程中体验到了解放感。自己在小说中寻求的，既不是提心吊胆，也不是忐忑不安，就是这种彻彻底底的安心感，心灵得到解放的感觉。

他是那种人，才写得出这种小说来啊！

由于隐藏真正的自己，所以将那股压力全部释放在了作品中。

这名女高中生花了一个晚上就读完了《击铁之诗》。当然，她也很想读续篇《去问子弹与玫瑰：击铁之诗Ⅱ》。

然而，怎么都找不到。放学之后她转了几家书店，哪里都没有摆。或许问问店员就好了，但女高中生没有那么做的勇气。她讨厌被别人知道自己读什么样的书。其实，她也打心底不愿意去收银台，可那样就买不成书了。

没想到，今天竟然在碰巧走进的书店里发现了。她甚至感觉这是命运的邂逅。

下定决心后，她拿起书，低着头走到收银台，把它放在了台面上。

付款后，她离开收银台。就在这时，身后传来了店员们的对话。

“真是不可思议呀，又卖了一本《击铁之诗Ⅱ》，今天是第二本了呢。”

“哎？好像其他店从前天开始也陆续卖出了。”

“是吗？太好了，看上去这是要来上一波！喂，赶紧提前订热海圭介的书！”劲头十足的声音响彻店内。

职业：小说家

1

女儿元子说有个人想让他见见，下次带回家来，是在吃过晚饭以后。正在用牙签剔牙的须和光男吓了一大跳，差点扎到牙龈。

该来的时刻终于来了啊——他调整着心情，但是不想被人看出狼狈。他把茶杯拉到跟前，故意慢悠悠地啜了口茶。

“哦。”他发出假装毫不关心的声音，“应该是个男的吧？”

“嗯。”女儿点点头。

“哦。”光男再次应道。老伴邦子正在厨房洗东西，今晚谈起的事，说不定她提前就听元子说了。老伴和女儿，到目前为止在所有情况下都是串通一气。

“是个什么样的人？”光男问，留意着尽量不用生硬的口气。

“那个，”元子舔了舔嘴唇后说，“他和哥哥在高中的时候同一个年级。”

“秀之吗？为什么你会和秀之的朋友有来往？”光男很自然地抛出这个疑问。秀之比元子大五岁，已经参加工作，离开了家。

“这个嘛，发生了很多事……解释起来就长了。简单来说，就是哥哥、他，还有我三个人一起去喝过酒。这个嘛，就是机缘。”元子有点口齿不清，估计是对向父亲细说与男人邂逅的经历有所抗拒吧。

不过，光男多少松了口气。如果是儿子的朋友，感觉可以在某种程度上信任。

“他在什么公司上班？”光男问。这是身为父母最关心的。不是一流企业也没关系，在尽可能稳定的公司上班就放心了。

然而从元子口中冒出的回答，光男一瞬间竟没能理解。

“他不是公司职员，是个写文章的。”

“写文章的？”

什么呀那是？他很纳闷，不知道女儿说的是什么。

“直截了当地说，就是作家。他是写小说的，所以最准确的叫法是小说家。”

“小、小、小说家？”

光男禁不住张大了嘴巴，这是他压根想象不到的答案。

元子拿出一本书，封面上的图案特别艳丽，写着“虚无僧侦探早非”几个字。完全搞不懂什么意思。

“这是处女作。他斩获了灸英社的新人奖，如今是最受瞩目的年轻作家。”元子眼睛闪闪发光，语气里充满自信，“这个唐伞忏悔是他的笔名。很有意思吧？他现在是本格不合逻辑推理小说的第一人，这是外界对他的评价……”她开始热情高涨地说明自己恋人的活跃程度。

但是，这些话半句也没进入光男的耳朵。从听到“小说家”这个词的那一刻起，他的脑子里就乱成了一锅粥。

他知道有那样的职业。书店里摆着那么多小说，按说应该是哪里的什么人写的。既然存在出版社,他们大概就是靠卖那些书赚钱的。

可对光男而言，那是另外一个世界的事。在他印象里，那儿与自己这些人所在的场所并不搭界，自然也不会和那儿的人产生瓜葛。

把想说的话说完以后，元子说句“就是这么回事，拜托啦”，撤回了自己的房间。光男几乎什么都没来得及问，而他也压根儿没想到要问些什么。

邦子从厨房出来后，把元子和那个男人——只野六郎邂逅的经过一五一十地告诉了光男。据说契机是元子读了只野的处女作后感动不已，写去一封信。于是他们决定和秀之三个人见面。邦子似乎很早以前就知道了事情的详细情况。

“你为什么不早点跟我说？”光男对邦子发牢骚道。

“元子说她要亲口告诉你嘛。”

光男咂了咂嘴。“怎么办啊？”

“什么怎么办？”邦子无忧无虑的语气让光男焦躁。

“那个男人啊。什么小说家，你觉得干那种不靠谱的工作好吗？”

“小说家不是什么不靠谱的工作吧？”

光男胡乱抓了抓头。“那他吃得上饭吗？养活得了家人吗？怎么办啊？”

“那种事，我也说不上来啊……”

“这很重要！……真是的，为什么偏偏选这种男人！”

“那你刚才为什么不直接对元子这么说啊？”

“这……我以为你问到什么了呢。”茫然自失间，光男的脑子里也不能说是一片空白。

“元子又不是傻瓜，她觉得是个好人才选的。你多给自己的女儿一些信任好不好？”

“烦死了！问题不在那儿。”光男粗鲁地扔下这么一句，站起身来。

2

对光男来说不安的日子才刚刚开始。供职于纤维公司的他因为担心元子的事，根本无法专心工作。

职业：小说家……

这职业怎么样呢？说实话，光男不是很清楚。若是公司职员，他自然了解；如果是一般的个体经营者，他也有自信判断其工作具有何种程度的安定性。可面对这次的情况，他的经验和知识完全派不上用场。说到书，他只读过商业书这类的实用性书籍，要是让他试着列举知道的小说家，说出芥川龙之介和夏目漱石的名字已属不易。即便如此，光男也没有认真读过他们的作品。

到了午休时间，光男还在恍恍惚惚地考虑这件事时，冷不丁地瞥见离他座位稍远处的一名女职员正在读文库本。光男记起来，她以前说过自己喜欢读书。

“你经常读书吧？”光男走过去搭话，“那是本小说吗？”

女职员抬起头来，脸上带着惊讶、困惑，还夹杂几分紧张，大概是因为午休时间没怎么被上司这样问过话。光男的职务是部长。

“是的。”她小声回答。

“是吗？什么样的小说？”

女职员停顿片刻后回答："纯文学。"

这个回答令光男惴惴不安。纯文学——虽然偶尔听到过，但他并不明白是什么意思。

他拉过旁边的椅子，坐了下来。"我能跟你聊一会儿吗？关于小说。"

"好的。"女职员把书合上放到一边，依然流露出不知所措的眼神。

"你知道唐伞忏悔这个作家吗？"

"唐伞？不知道……"她思忖片刻，"这个人写什么类型的小说？"

"这，我也不是很清楚。只是听说我家亲戚的小孩是他的粉丝。"

"是大众小说的吧？"

"大众小说？"

"就是娱乐小说那类。像推理小说啦恐怖小说啦，还有轻小说。"

完全莫名其妙。脑袋开始疼起来。"有那么多种吗？"

"对。特别是娱乐小说。"

"这么说来，作家也有很多喽？"

"是呀。"她使劲点点头，"我虽然读了很多书，但不知道的作家还有无数。毕竟如今阿猫阿狗都能轻而易举地出道。"

"阿猫阿狗都能？不会吧？"

"是真的。"女职员一脸自信地断言，"说阿猫阿狗都能出道有点夸张，不过我觉得没有多难。谁让新人奖什么的多得到处都是呢。"

听到"新人奖"这个词，光男探出身子。"有那么多吗？"

"有啊。"她挺直后背，"从有名的奖项到听都没听过的，加起来大概有一百多个。"

"这么多！"光男瞪大了眼睛。

"出本书就能出道的奖项，估计有五十来个吧。再加上还有凭借参加文学奖项征文出道的情况，因此以新人奖为契机出道的人数应该在一百人左右吧。”女职员抱着胳膊，啰啰唆唆地咕哝道。

到目前为止，光男都把她当作小说的权威。至少对于现在的他来说，她是这方面的老师。

“你的意思是，就算说新人奖，从最好的到最差的都有？”

“那是当然。既有获了就能稳成畅销书的奖项，也有获了却得不到任何工作的奖项。”

光男的心情黯淡下来。元子的恋人到底获的是哪种奖项呢?

“部长，您为什么要打听这种事啊？”

“啊，没什么。”光男干咳了两声，“我刚才说的亲戚家的那个小孩，他声称想当小说家呢。不过话说回来，他还只是个初中生。”

“哦，是那么回事啊。初中生的话，确实可能会那么想呢。我也曾经考虑过。”

“啊，是吗？”

“不挺好的嘛！初中生即便有那种梦想也没什么，要是大学生那么说，可不是开玩笑的。”

“哎？是吗？”光男吓了一大跳。

“是啊。即便出道也长久不了，这就是小说家的世界。单靠小说便能过活的作家寥寥无几，听说大部分作家都有其他的工作。出版行业不景气，越来越多的人不再读书，从发展前途来说，我认为这是个非常残酷的职业。”

女职员的话像一把粗大的匕首扑哧扑哧地刺入光男的胸口。

3

晴空万里的周日下午，只野六郎来到了须和家。看到对方身穿藏青色西装、打着领带的模样，光男暂且松了口气。他还担心，如果对方穿着稀奇古怪的衣服出现，不知要怎么办才好。只野站得笔直，礼貌地低下头说“我是只野六郎”，这也让光男心生好感。

他们隔着餐桌面对面坐了下来。元子坐在只野旁边。邦子端上红茶以后，立即又去了厨房，光男只得担当交谈的主力。闲聊了一会儿，光男就从只野的父母开始问了起来。

“我父母住在神奈川的厚木。父亲以前是上班族，前年退休了，现在务农。”只野流利地回答。

“噢，你父亲原来是公司职员啊？”如此一来就有话可聊了，光男心想。“是什么样的公司呀？”

“广告公司，不过是个很小的公司。”

“这样啊。”光男有些失望。即便同为公司职员，人与人也不同。

话题难以继续。邦子还在切水果，光男感觉她似乎比平时花了更多的时间。

其实，昨晚光男给秀之打了电话，想让他作陪。谁知秀之冷淡地拒绝了，说：“怎么能让大哥出场呢？”

“只野可是个好小伙，您跟他聊聊就知道了。”秀之撂下这么一句就挂了电话。

光男把茶杯拉到跟前，可里面已经空了。

“爸爸，”元子开了口，“您没有什么事想问六郎的吗？”

“呃，没有什么特别想问的……”他反复摩挲着手中空空如也的茶杯。

“请您尽管问好了，不用客气。”只野投来真挚的目光。

光男落下视线，放好茶杯，叹了口气。

“听说你写小说？”这么说完，他又看向只野。

“是的。”女儿的恋人迎着他的目光回答，声音铿锵有力。

“在当小说家之前是……”

“电脑程序设计员。”

“那份工作已经……”

“辞掉了。因为两边同时做很辛苦。”

我还是希望你两边同时做呀——光男把真心话咽了回去。

“你为什么想成为小说家呢？”

只野微微歪了歪头。“这个……算是顺其自然吧。”

“啊？”

“不记得是从什么时候开始了，等回过神来，我已经很想写小说了，于是试着写了部小说去应征新人奖，没想到竟获了奖。人生，真是难以捉摸的东西呀。”只野无忧无虑地笑了。看着那张脸，光男猜测他应该不是个坏人。

邦子终于端着托盘走了过来，托盘上的碟子里盛着水果。

“只野先生的小说，我拜读过了，《虚无僧侦探早非》非常有意思呢。”邦子一边给大家分水果一边说。

“最后那个机关，您没发现吧？”元子回应道。

“一点没发现。到最后的最后，真是大吃一惊。”邦子按着胸口。

演戏都不会！光男在心中暗骂。邦子的确读了只野的作品，但发牢骚说“根本看不懂是什么意思”。

但是，光男根本没有资格诋毁妻子，因为他自己只读了几页就放弃了，从开头第一行就无法理解。

实际上，为了今天这次见面，光男去转过几家大型书店。他想确认唐伞忏悔是什么水平的作家。

所有书店摆的只有唐伞的处女作《虚无僧侦探早非》的文库本。除此以外,还有几家书店的书架上放着三个月前出版的单行本。不过，把唐伞的书置于醒目位置平铺展示的店一家都没有。

这种状况令光男越发不安起来。不放在店里，当然连卖出去的机会也没有。换句话说，不就相当于赚不到钱，收入等于零吗?

然而，也不全是糟糕的事。光男为了寻找唐伞忏悔的书，向书店的店员打听过。出人意料的是，他们一半以上都知道唐伞的名字，并且热心地把光男带到摆放有《虚无僧侦探早非》文库本的地方。

于是，他试着这样问：

“这个人的书卖得好吗？”

对于这个问题，不管在哪个书店，店员的反应都差不多:“《虚无僧侦探早非》热卖过一阵子，但随后就不太乐观了。唐伞忏悔具备此前的作家都没有的魅力，他的书越读越有意思，但有点让人发狂。不过总而言之，我认为他是个有才华的人，再加上在业界备受瞩目，应该过不了多久就能大卖吧。”

无论谁说起来，大意都是有部分人为之发狂啦，深受核心书迷欢迎啦。没有一个人给出负面评价，至少，书店店员们似乎普遍肯定他的才华。

光男大伤脑筋。有才华，但现在还没卖起来——这该怎么评价才好呢？他甚至觉得，反过来也好啊。如果是没有才华，但书畅销，起码能让他安心。

猛地回到现实中，邦子正在对只野问这问那。譬如“肉和鱼，你喜欢哪一种”等等，全是些无关痛痒的废话。你问点要紧的好不好！他憋着一肚子火。

“对了，唐伞忏悔这个笔名真有趣啊。是不是有什么来历？”

还问这种无所谓的事！光男抖起腿来。

“我的小说中，诡计是生命线，所以想把笔名里加入‘机关[①]’这个词。查找了很多资料之后，我发现‘唐伞’从前是叫‘karakuri 伞’的。于是，略作推敲便决定用唐伞这个姓了。”

“哦——那忏悔呢？”

“这表达了我对读者的心情，因为我用诡计骗他们嘛。”

“啊，原来是这样。”

“那个，只野，”光男在一旁听得心焦，插嘴进来，“对于你做小说家，你的父母有没有说什么？”

“他们当然支持我了。”

当然？光男大失所望。他们为什么不说“做份更普通的工作”？

“他们不担心吗？那个……收入方面。”

光男用眼角的余光捕捉到元子的脸色瞬间大变。恐怕过后会被她抱怨，那也没办法。

“我想是担心的。他们甚至曾经问我需不需要汇钱过来。”

“那你不会接受了吧……”

“我拒绝了。”只野笑着回答，“要是需要他们汇钱来，我早找其他工作了。”

就那样做吧，现在赶紧找其他工作——这句话差点从喉咙里蹦

---

①日语中的发音是 karakuri。

出来。

“须和先生。”只野突然转为严肃的表情，后背挺得笔直，眼睛里蕴含着认真的光芒，“我打算，今后每年至少出版两本单行本。我的书，基本上是一本一千八百元左右。我拿到的份额，是百分之十，也就是一百八十元。问题是册数，现在还停留在七千册左右。一百八十元乘以七千，是一百二十六万元。因为是两册，刚才的数字要翻倍，就是二百五十二万元，这是我靠单行本一年能得到的收入。如果册数减少，收入也会相应地减少，但我会努力不让这种情况发生。”

只野口若悬河。光男呆呆地注视着他的嘴角，想说点什么，却找不到合适的字眼。

“但是，收入不光这些。对于我们刚起步的作家来说，除了书的版税之外，杂志的稿费也很重要。稿费是按照每页四百字的稿纸页数来换算的。我的话，每页四千元左右。”

“那是灸英社给的价吧？不是还有公司给五千元嘛。单行本的册数也是，之前还印过八千册呀。”元子在旁边说。

“刚才我说的是最起码的数。毕竟你父亲想知道的，是我至少能赚多少嘛。”只野用冷静的口吻说。

光男轻轻地干咳了两声。只野一语中的。

只野的视线回到光男身上。

“按到目前为止的业绩，六十页左右的短篇小说我三个月可以写一篇。按一年来算，就是二百四十页，乘以稿费每页四千元，是九十六万元。这个数加上先前的单行本版税二百五十二万元，合计三百四十八万元。这就是我现在的年收入。当然了，还要扣除税金，到手的会更低一些。”

听着他流利的陈述，光男推测，估计是他事先计算好，早已把数字记到了脑子里。看来他为人诚实，元子大概也是被这一点吸引。

“须和先生，”只野再次叫道，“以上就是我的经济实力。不过，这只是现阶段的情况。我会让这个数字继续增长的。所以，”只野使劲收了下下巴，继续说道，“请允许我和元子以结婚为前提进行交往。”

对方冷不丁地来了这么一招，自己仿佛挨了一拳。光男霎时感到头晕目眩。

“哎呀，这个，那个……”他语无伦次，说不出话来。

“爸爸，求您了。”元子说。

“不挺好的嘛，对吧？”邦子轻率地征求光男的同意。

“嗯，好吧，那个，我没有反对的意思。”他声音颤抖，“总之，你们好好考虑下吧。”总算勉勉强强挤出这么一句。

4

“小说家？叫什么名字？”朋友大原瞪大了那双小眼睛。他和光男同期进入公司，如今两个人也时常一块喝酒。

“呃，我猜，就算说出来你大概也不知道。”

“得了，你说出来听听嘛。别看我这样，也读了很多时代小说呢。”

“是吗？好吧……他叫唐伞忏悔。”

“唐伞？什么呀这是？没听过。”

“你瞧！我说什么来着。”

大原喝干杯中剩的生啤，扬起手来。“哎——大姐，这边再来一杯生啤。须和，这可不妙啊。不会是那种自称小说家，实际上却无业的人吧？”

“不是。他获了新人奖，倒还出了几本书，貌似有收入。”

“大概多少？”

“这……具体我也不清楚，但看上去应该可以过活。”

他没说差不多三百万。

“这怎么行呢？小说家什么的，不是最危险的职业吗？即便现在有收入，今后也说不准怎么样。书要是卖不出去岂不完蛋了！”

“你说得也有道理……”

大原毫不客气地指出了光男担心的事。光男原本期待大原鼓励鼓励自己，才约他出来的，没想到适得其反。但他想，如果自己站在相反的处境，肯定也会说类似的话。

距离元子带只野六郎回家已快过去一个月了。在此期间，光男一直郁郁寡欢。光是想到女儿被别的男人抢走就够伤心了，要嫁的还是个小说家。光男只能认为这是个不稳定的职业。

而且，就在前几天，元子还说了一件令他始料未及的事。她决定辞职，去做只野的助手兼秘书。

光男当然反对。因为在不久以前，他还想，要是他们坚持无论如何都要结婚，暂时只能让两个人都工作。

“作家除了写作以外，还有一堆必须要做的事情。比如安排日程、收集资料、计算税金，等等。我不希望本来就很忙的六郎再把时间耗费在这些事情上。我想让他专心写作。”

“那么忙一年还只赚三百万？”明知不该说，还是脱口而出了。

不出所料，元子吊起眼角。“我不就是为了增加收入才决定去帮忙的吗？”

“你说什么？他本来就不挣多少钱，连你也没工作，你们以后的日子怎么过?！”

“他才不是！而且，用不着您操心，反正我不会来给爸爸添麻烦的！”元子眼睛里含着泪水，高声反驳道。从小就固执的她，在这时候也不退缩。和她宣称的一样，第二天她就递交了辞呈。

“如果是我，千方百计也要让他们分手。这是做父亲的责任。”大原在酒精的刺激下，有些口齿不清地说。

光男模棱两可地点点头，心中却不以为然——怎么可能那么简单？你是站着说话不腰疼啊。

5

听了邦子的话，光男放下筷子。今晚也只有他们两个人吃饭。元子去了只野那儿，回来差不多该是九点以后了。

“天川……什么来着？”

邦子拿起放在旁边的厚杂志。说得准确些，是一本小说杂志，封面上印着“小说灸英”。光男最近才知道，世上还有那种读物。

“这个。”邦子说着翻开小说杂志，上面写着如下内容——“第一届天川井太郎奖入围名单出炉”。

“据说是新创设的文学奖，只野的作品入围了呢。他们本人似乎早就接到通知了，但在正式公布前好像必须保持沉默。”

光男把小说杂志拉到跟前。入围名单中的确写着“《砖瓦街谍报战术金子》唐伞忏悔”几个字。

“获了这个，会怎么样？能大卖吗？”

“元子说，应该会在某种程度上引起关注。因为是第一届，大概炙英社也会加大宣传力度。”

“这个，什么时候出结果？”

“这个星期五。”

“哼……”光男用鼻子回应了一声。说起文学奖，他只知道有直本奖。

辞掉工作以来，元子明显在回避光男，她恐怕觉得如果碰面准会被啰里啰唆地教训吧。所以，关于只野的工作，光男除了偶尔从邦子那儿听说点消息外，对其他一无所知。

“元子这家伙，回来得还真晚哪。都到这个时间了，她到底在干什么？”

“听说她有时候会给只野先生做夜宵。”

“夜宵？他喜欢吃夜宵吗？”

邦子摇摇头。“听元子说，他从早上开始一直工作，决定了一天要写的页数后，不完成决不睡觉。他会反反复复地改写多次，直到自己满意为止，结果就是经常到半夜才写完。”

“唉——”光男想，这工作果然很辛苦啊。这么拼命，年收入才三百来万。

晚上十点刚过，元子回来了。光男正在起居室看电视，但元子没有进来，而是从玄关直接走向了自己的房间。

第二天午休时，光男又去找了以前告诉他小说相关知识的那个女职员。她今天也在读书。

“天川井太郎奖吗？这个，不知道呢。”女职员简简单单地说。

“听说是个新创设的奖项。”

“啊，好像听说有这么回事。奖项多得是呢，去书店看看的话，净是腰封上印着获什么什么奖的书。”

“是吗？”光男的声音无精打采。

“那个奖怎么了？”

“没，没什么。”

“说起来，”光男正要转身往回走的时候，女职员说，“以前您提过唐伞忏悔吧？”

“……怎么了？”

“前几天我读了他的书。先前不知道，但因为大家在很多地方都谈到他，所以我读了读。”

“哎？是吗？”

女职员使劲点点头。“刚出版的《砖瓦街谍报战术金子》非常有意思。我很少读娱乐小说，但它真是让我过了把瘾。我想最近再读读他的其他作品。”

“啊，这样啊？谢谢，对我很有参考价值。”

回到自己座位的时候，光男发现心情稍微轻松了些。元子把只野介绍给他以来，这种情况还是头一次出现。

下班回家的路上，光男顺道去了书店。《砖瓦街谍报战术金子》很快就找到了，它被摆在了醒目位置平铺展示。看来果真受到了大家的关注。

在电车里找到了座位坐下，光男迫不及待地翻开了书。《虚无僧侦探早非》只读了几页就打了退堂鼓，这回会怎么样呢？他满怀不安地读起来。

“哎呀！”很快，他大吃一惊。不知道是该称作品的风格呢还是小说的氛围，总之与此前截然不同。逐页读下去毫不痛苦，不仅如此，翻页的手根本停不下来。

回过神来时，他已经完全沉浸其中了，差点坐过了站。

出了车站检票口，光男一边朝自家方向走，一边期待着明天上下班的电车。不能在家里读，他不愿意让邦子和元子看到。

6

最终，光男花三天读完了《砖瓦街谍报战术金子》。他只在午休时间和回家的电车上读。早上是上班高峰期，没法摊开单行本。

读完后，他陷入一种轻微的兴奋状态。讨厌读书的自己竟然读完了一本小说——确实有这种成就感。但比这更让他热血沸腾的，是他根本无法怀疑作品的趣味性。

那个人竟然能写出这种东西来！

不用说，自己对于小说完全是个门外汉，对此他有自知之明。然而，他知道《砖瓦街谍报战术金子》是一部有魅力的作品。书店店员们说得没错，唐伞忏悔很有才华。而且，不仅如此，他还对自己要求严格，强悍到决不妥协。

这天晚上，光男邀请大原出来喝酒，去的还是以前那个小酒馆。

“后来怎么样了？”几杯生啤下肚以后，大原面带不加掩饰的好奇问，“你女儿那个结婚对象，后来你让他们散伙了没有？”

“没有。”见光男摇摇头，大原立刻皱起双眉。

“从那以后几个月了？拖得越久越麻烦哪！”

“可是，他好像很有才华。”

“才华？哼，那玩意儿靠得住吗？如果只要有才华就一定能成功，这个世界上还不全是诺贝尔文学奖得主和金牌得主啦！听说即便是梵高，活着的时候也只卖出了一幅画！”大原似乎有些醉了，说的内容也一如既往地刺耳又精准。

“你说得也有道理。”光男只得表示同意。

“那个人究竟写什么东西啊？须和，你读过吗？”

“嗯，其实今天刚读完。”光男从皮包里拿出书来，“这本相当有意思呢。”

“哼……《砖瓦街谍报战术金子》啊？标题真奇怪。”

“这个金子有很深的含义。”

“哦。”大原似乎毫不关心。

就在这时，传来一个声音：“啊，那本书，我也读过。”回头一看，一个坐在吧台边、和光男差不多年纪的男人正俯视这边。

“噢，是吗？”

“嗯，很有意思，它是我今年读过的最棒的书。”

光男差点不由自主地说声“谢谢”。

“不过，一千八百元也太贵了，对吧？你是在书店买的吗？”

“对啊。”

那个人很惊讶似的张大了嘴巴。“你还真买那种玩意儿啊。真搞不懂你怎么想的！”

“你不是买的吗？”

男人大手一挥。“还用得着买吗？多浪费呀！我啊，有想读的书向来都是去图书馆借。”

“去图书馆……吗？”

“是啊。你今后也这么做得了！为了区区一本小说花钱，是傻瓜才会干的事！”

“傻瓜？”光男感到自己的脸颊抽搐了一下。

“只是，等着受欢迎的书轮到自己读要花些时间，过分的时候还会等上近半年。图书馆也太小气了，受欢迎的书痛痛快快地多放些就好了。”

“就算那样也要等吗？你不想早点读吗？”

“想啊，那还用说。真想读的时候还有新旧书店[①]呢。无论什么书，刚出版用不了一周就会在新旧书店现身。买下来读完以后再卖给新旧书店，虽然不是白读，但便宜得多。”

“可那样的话，出版社和作者那边岂不是一分钱也赚不到了？”

“啊？”对方露出仿佛没反应过来的表情，“你说什么？那种事，我才不管呢。”

“但是如果大家都像你那么做，所有写小说的不就饿死了！”

男人“哼”了一声。“那又怎么样？不愿意就别当小说家好了。况且，那一小撮人辛苦点也无所谓啦。马马虎虎地写点喜欢的东西就来赚别人的钱，他们才厚颜无耻呢！”

“马马虎虎地写点喜欢的东西？”光男站起身来，“你再说一遍试试？”

“怎么，你有什么不满吗？”男人回瞪着他。

“连小说家付出了多少汗水都不清楚，别在这儿胡说八道！”

“那你清楚？”

“比你清楚！”

“你清楚多少？倒是说说看啊！”

“他们耗尽心血，才写成一部作品。”

“哼！什么呀！无所谓啦，反正跟我没关系！”男人把脸扭向一边，挠了挠脖颈，“跟个蠢货较劲真没办法呀。”

---

①在日本，新旧书店专门买卖出版时间较近的旧书。

光男的脑子里有什么啪的一声断了。他拿起酒杯，泼了男人一脸啤酒。

“你干什么?！”男人的拳头飞了过来。

7

光男走出警局的时候，已经十点多了。他被狠狠地教训了一顿以后，邦子才被找来接他。

“都一大把年纪了，你干什么呀！”邦子开口就道。

“对不起。”光男只能这么回答。他自己也觉得做得太鲁莽。

打架斗殴什么的，多少年没干过了啊？他回顾着。打人是高中以来头一次，挨打是大学以来头一次。指根在作痛，半张脸也发僵。到明天早上估计会肿起来吧，他呆呆地想。

但在回家的出租车上，邦子没说一句责备的话，只是担心他脸上的伤，问长问短。至于动手的原因，大概她已经听警察说了。

回到家，光男立刻换衣服钻进了被窝。元子好像还没回来，今天回来得比平常要晚。

邦子拧干用冰水浸湿的毛巾，拿了过来，为他冷敷挨打的地方。

没过多久，楼下传来动静，似乎是元子回来了。脸上的伤怎么糊弄过去呢？他思忖着。刚谋划着明天在见到女儿以前先出家门，立刻又想起明天是星期六，公司不上班……

正在考虑的时候，传来上楼的声音。光男才想着元子大概是去自己的房间，门突然开了。

“啊！”光男忍不住叫道。

“爸爸……您不要紧吧？”元子站在门口，带着担心的表情问。

“嗯，没什么。”脸上敷着毛巾的他回答道。

“但看上去可不是没什么。”

“不要紧的。”

“是吗？不过我还是吓了一大跳，爸爸竟然跟人动手。”

“听你妈说了？”

“嗯。”元子点点头，“还有动手的原因我也知道了。”

“是……吗？哦，对了！今天是公布那个天川井太郎奖的日子吧？”

“是的。”元子深吸了一口气，“他没选上。”

“啊，是吗？真遗憾。”他尽量不让自己的声音听起来显得沮丧。

元子摇摇头。“一点也不遗憾。他也好我也好，谁也没失望，我们的目标在更高的地方。今晚我们也没互相安慰，倒是为接下来写什么样的作品，我们俩召开了作战会议。”

光男点了点头。“哦。”

“那祝您晚安。”

“嗯。啊，元子！”女儿回过头来后，光男平静地说道，“加油！好好支持他！”

元子胸脯明显起伏了一下，她说声“嗯”，走了出去。

光男凝视着天花板，呼了口气。要不再挑战一次《虚无僧侦探早非》吧！他想。

炙英社文库畅销图书

热海圭介作品

《击铁之诗》

接二连三发生专门瞄准高层公寓阁楼的狙击事件。素喜独来独往的刑警乡岛严雄通过接触黑手党，查明世界性犯罪组织隐藏幕后。乡岛从美军基地盗取一架武装直升机，单枪匹马攻入秘密组织。第十二届小说炙英新人奖获奖作品。

《独狼之旅》

在比赛中打死对手的前格斗家剑崎刚一直流浪在外。某日，他捡到一个装着信的瓶子，信居然出自他昔日的恋人玛丽娅之手。得知玛丽娅被秘密组织抓走，剑崎只身前往虎穴。

《去问子弹与玫瑰：击铁之诗 II》

警察厅国家情报局的密码解析机被盗。素喜独来独往的前刑警乡岛严雄认定这桩罪行与某个神出鬼没的秘密团体有关，遂借助黑手党之力结成私人军团，断然向该秘密团体要塞发起总攻击。谁知，敌人竟隐藏于国会议事堂地下的军用列车中！日本将面临何种命运？

唐伞忏悔作品

《虚无僧侦探早非》

小镇发生疑似凶杀案，却未发现尸体。从第二天起，镇上陆续涌进多名虚无僧，他们念咒一般唱诵道：“早非，莫诳莫骗。”这究竟是何意？惊天动地的高潮，值得拭目以待！第一届灸英新人奖获奖作品。

《砖瓦街谍报战术金子》

故事发生于明治时期。原定从美国运至陆军省的新型炸弹被列车强盗偷走。罪犯是一伙曾为武士的恐怖分子。内务省特务局察觉他们的目标是鹿鸣馆，便派出一名身为忍者后裔的男子化装成间谍，暗中活动起来。忍术“金子”，其真面目是什么？

《魔境秘密相扑力士入场式》

故事发生于明治时期。美国大使之女在日旅行期间突然失联。与此同时，东京开始大麻泛滥。内务省特务局根据大使之女最后的来信，顺藤摸瓜找到某个村落，于是派数十名身形壮硕的间谍假装相扑巡回演出，悄悄潜入。第一百三十五届直本奖获奖作品。

炙英社文库其他作品

《深海鱼的皮肤呼吸》大凡均一　第一届天川井太郎奖获奖作品

《辐射线路的杀意》大凡均一

《杀过瘾》青桃鞭十郎

《滥杀》青桃鞭十郎

《归零家族》腹黑元藏

《纳凉滑稽剧》腹黑元藏

《扭腰阿公一竿钓》古井芜子

《气鼓鼓的阿婆·痛快化浓妆》古井芜子

《怪盗窃贼假面》大川端多门　第九十五届直本奖入围作品

《怪人骷髅对侦探骨骸》大川端多门

《笔之道》寒川心五郎　第一百三十五届直本奖入围作品

超级好评热卖中

图书在版编目(CIP)数据

歪笑小说/〔日〕东野圭吾著；王丽丽译.—海口：南海出版公司，2015.7

(东野圭吾作品)

ISBN 978-7-5442-7822-5

Ⅰ.①歪…　Ⅱ.①东…②王…　Ⅲ.①短篇小说-小说集-日本-现代　Ⅳ.①I313.45

中国版本图书馆CIP数据核字(2015)第121208号

著作权合同登记号　图字：30-2015-023

歪笑小说
〔日〕东野圭吾 著
王丽丽 译

出　　版　南海出版公司　(0898)66568511
　　　　　海口市海秀中路51号星华大厦五楼　邮编 570206
发　　行　新经典发行有限公司
　　　　　电话(010)68423599　邮箱 editor@readinglife.com
经　　销　新华书店

责任编辑　张　锐
特邀编辑　崔　健
装帧设计　金　山　朱　琳
内文制作　杨兴艳

印　　刷　北京天宇万达印刷有限公司
开　　本　890毫米×1270毫米　1/32
印　　张　7.25
字　　数　164千
版　　次　2015年7月第1版
印　　次　2018年1月第11次印刷
书　　号　ISBN 978-7-5442-7822-5
定　　价　32.00元